KB248505

생각이 자유로우면
거칠 것이 없다

생각이 자유로우면 거칠 것이 없다 ⓒ 이상각 2001

초판 1쇄 발행일 | 2001년 3월 26일
중판 3쇄 발행일 | 2003년 3월 5일

지은이 | 데일 카네기
엮은이 | 이상각
펴낸이 | 이정원

펴낸곳 | 도서출판 들녘미디어
등록일자 | 1995년 5월 17일
등록번호 | 10-1162
주소 | 서울 마포구 합정동 366-2 삼주빌딩 3층
전화 | 마케팅 02-323-7849 편집 02-323-7366
팩시밀리 | 02-338-9640
홈페이지 | www.ddd21.co.kr

값은 뒤표지에 있습니다. 잘못된 책은 구입하신 곳에서 바꿔드립니다.
ISBN 89-86632-53-5 (03810)

생각이 자유로우면
거칠 것이 없다

이상각 지음

들녘미디어

진실로 아름다운 목표를 가진 당당한 나를 위하여

종종 거울을 통해 나의 얼굴을 비추어보곤 합니다. 얼굴이란 실로 한 사람의 역사를 담고 있습니다. 티없이 맑았던 어린 시절에서부터 세월의 흔적이 역력하게 새겨져 있는 먼 훗날까지도…….

오늘, 수많은 거울을 거친 당신의 역사는 어떠합니까?

우리는 매일같이 승리하지는 못합니다. 몇천 번의 실패 끝에 세상을 밝힌 전구를 발명했던 에디슨과 같이 우리는 자꾸만 실패하고 또 실패합니다. 하지만 나의 길이 정도正道임을 믿기에, 보다 당당한 나를 타인들에게 내보일 수 있는 것입니다.

지금 당신은 혹시 지치고 힘든 나머지 모든 것을 포기하고 싶지는 않습니까? 거울 속의 자신에게 물어보십시오. 그는 바로 나입니다. 나는 결코 나를 변명할 수 없는 법입니다.

당신은 스스로의 잘못으로부터 배워야 합니다. 절대로 그것을 돌이키며 고통스러워하지 마십시오. 과거에 대한 최선의 처방은 그것을 잊어버리는 것입니다. 그리고 지금 현재에 몰입하십시오. 자신의 모든 해답은 현재 안에 있습니다.

흔히 세상에는 두 종류의 실패자가 있다고 합니다. 하나는, 생각은 하지만 행동하지 않는 부류와 다른 하나는, 행동은 하지만 생각은 하지 않는 부류입니다. 생각하며 행동하고, 행동하며 생각하는 내가 되십시오.

그 순간부터 당신은 실패자가 아니라 성공자입니다.

동서양을 막론하고 고전에는 수많은 삶의 표본들이 있습니다. 하지만 그 안에 담겨 있는 성공과 실패는 그들의 것이지, 당신의 것이 결코 아님을 명심하십시오. 다만 그 안에 살아 숨쉬는 인간 존재의 의연한 모습과 꺾이지 않는 강인한 의지를 배우십시오.

당신은 혹시 의지와 고집의 차이점을 아십니까? 의지란 강한 신념에서 비롯되지만, 고집이란 강한 공상을 모태로 한다는 것입니다. 그렇습니다. 자신에 대한 믿음에도 끈기가 있어야 합니다. 그것이 당신의 내일을 이끌어갈 것입니다.

"소나무는 오래 살고 장미나무는 짧게 산다. 하지만 소나무는 장미나무의 영광을 따르지 못한다"라는 일본 속담을 생각해보십시오. 진실로 아름다운 목표를 가진 당당한 나를 만드십시오. 그것이 당신을 참으로 자유롭게 할 것입니다.

이 책은 『명심보감』의 주옥같은 내용을 씨줄로 하고 중국과 우리나라의 고전과 일화 등을 날줄로 엮어 독자들로 하여금 지혜로운 삶의 거울에 자신을 비추어 내일을 예비할 수 있도록 준비했습니다. 이를 통하여 오늘의 내 마음을 바로 세우고 인생의 지난한 과정 속에서 생겨난 티끌들을 깨끗하게 정화해내기를 바랍니다.

당신의 아름다운 시도에 이 책의 구절 하나라도 가슴에 남을 화인火印이 되었으면 합니다.

또 다른 시작을 위한 날
이 상 각

생각이 자유로우면 거칠 것이 없다 / 차례

● 일러두기 : 『명심보감』의 구성

「계선繼善」편 – 끊임없이 선행을 해야 한다
「천명天命」편 – 하늘의 뜻에 따라 살라
「순명順命」편 – 천명을 따르라
「효행孝行」편 – 어버이에게 효도하라
「정기正己」편 – 자신을 올바로 세워라
「안분安分」편 – 분수를 지켜 만족하라
「존심存心」편 – 자신에게는 엄격하고 남에게는 관대하라
「계성戒性」편 – 성품을 경계하라
「근학勤學」편 – 학문에 부지런히 힘쓰라
「훈자訓子」편 – 자식을 잘 가르쳐라
「성심省心」편 – 마음을 살펴라
「입교立敎」편 – 가르침을 세워라
「치정治政」편 – 정치를 잘하라
「치가治家」편 – 집안을 잘 다스리라
「안의安義」편 – 인륜을 지키며 의리있게 살라
「준례遵禮」편 – 예절을 따르라
「언어言語」편 – 말을 조심하라
「교우交友」편 – 친구를 잘 사귀라
「부행婦行」편 – 훌륭한 여성이 되라

판본에 따라 인과응보에 대한 가르침을 모은 「증보增補」편, 반성을 위한 가르침을 노래로 지은 「팔반가八反歌」, 우리나라 효자들의 일화를 예로 든 「속효행續孝行」편과 청렴과 의리를 강조한 「염의廉義」편, 힘써 배우기를 권하는 「권학勸學」편 등이 붙어 있기도 하다.

작은 선행일지라도 소중하게

착한 일은 아무리 작더라도 반드시 하고,
나쁜 일은 아무리 작더라도 해서는 안 된다.

(繼善-2 · 소열제)

조선시대, 인현왕후의 아버지인 민유중의 집에는 일찍이 안효남이라는 의원이 드나들면서 식구들의 진료를 전담했다. 그런데 언제부터인가 그의 발길이 뚝 끊어졌다.

민유중은 의아하게 여겼지만 나라일에 바쁜 나머지 그리 신경을 쓰지 않았다. 얼마 뒤 그가 고향집에 일이 생겨 낙향했다는 소리를 들었다.

몇 년이 흘렀다. 어느 날 민유중이 잠을 자는데 꿈속에서 그 안효남이 나타나 절을 하면서 이렇게 말했다.

"대감, 요즘 흉년이 들어서 제 가족들이 모두 굶어죽게 되었습니다. 부디 옛정을 생각하시어 온정을 베풀어주시면 고맙겠습니다."

잠에서 깨어난 민유중은 꿈의 내용이 너무나 생생하여 그냥 지나칠 수가 없었다. 곧 사람을 풀어 안효남을 찾아보도록 했더니 그는 이미 세상을 뜬 지 오래였고, 손자인 안세원이라는 사람이 재령땅의 유동 마을이란 곳에 살고 있었다. 민유중은 곧 재령군수에게 편지를 띄워 안세원을 급히 한양으로 보내달라고 청했다.

재령군수는 안세원이 큰 죄를 저지른 줄 착각하고 급히 그를 체포 하여 한양으로 압송했다. 민유중은 끌려온 안세원을 보자 깜짝 놀라 오라를 손수 풀어준 다음 자신과 안효남과의 관계를 말해주며 위로했 다. 그러고는 후히 대접한 다음 쌀 50섬을 주어 고향으로 내려보냈다.

이렇게 해서 흉년을 넘긴 안세원은 오래도록 민유중의 은혜를 가슴 에 새겼다. 그래서 아이들과 밥상을 대하면 언제나 이렇게 묻고 답한 다음 식사를 시작했다.

"이 밥은 누가 준 것이냐?"

"민유중 대감께서 주신 것입니다."

"그렇구나. 우리는 그분의 은혜를 절대로 잊지 말자."

그리하여 안세원의 집안에서는 몇 대가 지나도록 밥상머리에서 민 유중에게 감사한 다음에야 숟가락을 들었다고 한다.

『삼국지』에 등장하는 촉의 소열제 유비는 말년에 오나라와의 전쟁 에서 패한 뒤 백제성에서 숨을 거두면서 아들 유선에게 다음과 같은 유훈을 내렸다.

'착한 일은 아무리 작더라도 반드시 하고, 나쁜 일은 아무리 작더라도 해서는 안 된다.'

또 평생 자신을 보좌해온 제갈공명에게, 만일 유선이 부덕하면 대신 황제가 되어 나라를 다스리라는 유지까지 내렸다. 이와 같은 유비의 믿음에 감격한 제갈공명은 죽을 때까지 충성심을 버리지 않았다.

실로 덕행이란 예로부터 백성들은 물론 최고 통치권자인 제왕까지도 반드시 갖추어야 할 기본 덕목이었다. 하늘의 뜻을 어기고 악행을 저지른다면 반드시 업보를 받는다는 관념은 상하를 막론하고 언제나 뇌리에 아로새겨져 있었던 것이다. 그것은 고려 인종 때 송나라에서 귀화한 문신 임완의 상소문에도 잘 나타나 있다.

사람은 속일 수 있을지언정 하늘은 속일 수 없습니다. ……임금이 덕을 닦아서 하늘의 뜻에 부응하면 복을 기다리지 않아도 복이 스스로 찾아오지만, 만약 덕을 닦지 않고 부질없이 헛된 글만 숭상하면 이로움이 없을 뿐만 아니라 마침내 하늘의 뜻을 모독하게 될 따름입니다.

이는 곧 아무리 제왕이라도 덕행을 쌓지 않으면 천벌을 받을 수 있다는 싸늘한 경고다.

오늘날 우리가 무심코 지나치는 행위 속에도 선행과 악행을 구별하는 요소들이 담겨 있음을 잊어서는 안 된다. 그러므로 사소한 선행을 외면하지 말라. 인간의 업적이란 오래도록 쌓아온 선행의 집합이지, 결코 일순간에 지어낸 지극히 큰 악행의 성전이 아니다.

하늘이 위에 있는 까닭은

하루라도 선한 일을 하지 않으면
온갖 나쁜 일이 저절로 생겨난다.
(繼善-3 · 장자)

초나라의 손숙오가 어렸을 때, 밖으로 놀러나갔다 돌아오더니 식사도 하지 않은 채 시름에 잠겨 있었다. 걱정이 된 어머니가 까닭을 물으니 그는 눈물을 흘리면서 이렇게 대답했다.

"어머니, 제가 오늘 길에서 머리가 두 개 달린 뱀을 보았습니다. 그런 요물을 보면 장차 죽는다고 했으니 저는 어쩌면 좋겠습니까?"

"대체 그 뱀이 어디에 있기에 그러느냐?"

"그 뱀은 제 눈에 띄었으므로 저는 이미 죽은 목숨이지만 또 다른 사람들이 볼까 염려되어 돌로 쳐죽인 다음 땅속에 묻어버렸습니다."

그러자 어머니는 미소지으며 손숙오를 달랬다.

"그렇다면 다행이구나. 너는 죽지 않을 것이다. 네가 이미 다른 사람들을 걱정하여 좋은 일을 하지 않았느냐? 남의 눈에 띄지 않게 좋은 일을 하면 하늘이 보답해준다고 했다. 그러니 네가 두려워할 게 무엇이겠느냐?"

그제야 손숙오는 안심하고 식사를 청했다고 한다.

❀

하늘이 위에 있는 것은 땅을 굽어 살피기 위함이라고 한다. 그리하여 선인에게는 선업을, 악인에게는 악업을 내린다는 것이다. 그렇지만 이런 고리타분한 협박 때문에 좋은 일을 하고 안 하는 것은 아니다.

선행은 드러나기 어렵고 보답은 그리 시원치가 않다. 그것은 병원에서 나오는 식사처럼 싱거워서 도저히 맛이 느껴지지 않는다. 하지만 그것은 병을 고치기 위한 바탕화면과도 같다.

악행은 어떠한가? 그것은 인터넷 화면을 더럽히는 포르노사이트처럼 숱한 가면을 쓰고 등장한다. 그리고 벌이 꽃에 달려들듯 사람들을 자연스럽게 쾌락 안으로 끌어들인다. 그럼으로써 자신은 점점 황폐해지고 사랑하는 사람들에게까지 재앙을 전염시키는 것이다.

하늘에 해와 달이 있고, 한낮에도 빛과 그늘이 있듯이 악은 언제나 선의 틈을 비집고 들어오려 한다. 욕망은 끊임없이 마음을 흔들고, 원망은 감사의 미덕을 좀먹는다. 그러므로 『명심보감』에서는 언제나 선한 마음으로 자신을 다잡으라고 가르치고 있는 것이다.

가까운 곳에 진리가 있다는 가르침을 담은 남송의 대학자 주희와 그의 제자 여조겸이 쓴 『근사록』에는 다음과 같은 말이 담겨 있다.

> 사람의 마음에는 언제나 두 가지가 있는데, 선을 행하고자 하면 그 사이에 악이 있는 듯이 여겨지고, 선이 아닌 것을 행하고자 하면 또 한 부끄러움을 느끼게 되어 있다.
>
> 본래 사람에게는 이 두 가지가 없었는데, 이것은 정히 마음의 선과 악이 서로 싸우고 있다는 증거다. 그러므로 그 뜻을 굳게 지니고 기품을 어지럽게 하지 않는 것이 악을 이기는 방법이다. 때문에 성현들에게는 이런 혼란이 없었던 것이다.
>
> 주역에 '몸을 바르게 갖지 못하면 이로울 것이 없다'라고 했던바, 스스로 서지 못하면 좋은 일을 하려 해도 오히려 물욕에 빠지게 된다. 어째서 천하 만물의 유혹을 이겨내지 못하는가. 자신의 주체성이 확립되어 스스로 능하게 되면 천하의 만물을 모두 얻게 된다.

사람이 미혹된다는 것은 현재에 대하여 스스로 부족하다고 느끼기 때문이다. 보리밥을 먹을 때는 쌀밥의 유혹을 느끼고, 돼지고기를 먹을 때는 쇠고기의 유혹을 느끼는 것이다. 기실 이런 허약한 마음가짐의 원인은 우리 내부에서 비롯된 것이 아니라 외부에 있다.

사람의 심리 상태는 기묘하기 짝이 없어서, 세상에 쌀보다 보리가 귀해지면 사람들은 다시 보리밥을 찾고, 소보다 돼지가 귀해지면 또 돼지고기를 찾는다. 배추가 귀해지면 배추를 찾고, 무가 귀해지면 천금을 주고서라도 무를 찾게 되는 것이다.

우리가 언제까지나 이렇듯 각다귀들처럼 움직여야 하겠는가. 때문은 귀를 닦고 자신만의 특별한 삶을 지켜내라. 혹자들은 유행따라 사는 것도 제멋이라지만, 그것은 참으로 자신의 본성을 잃고 유한한 시간을 낭비하는 바보짓이라 아니할 수 없다.

최고의 복수는 용서

사람들에게 은혜와 의리를 널리 베풀며 살라.
사람이 살다보면 어느 곳에서든
서로 만나지 않겠는가?
사람들과 원한을 맺지 말라.
좁은 길에서 서로 만나면 피해가기 어렵다.

(繼善-7 · 『경행록』)

한신은 한나라의 유방을 도와 초나라의 항우를 물리치고 천하통일의 대업을 이루었던 명장이다. 하지만 그는 젊었을 때 몹시 가난하여 하향현 남청정의 한 관리의 집에 식객으로 머무른 적이 있었다.

그런데 언제부터인가 그 관리의 아내가 한신을 못마땅히 여겨 새벽같이 밥을 지어 식구들을 먹이고, 뒤늦게 잠자리에서 일어난 한신에게는 밥상을 차려주지 않았다.

한신은 금방 관리의 아내가 자신을 홀대하는 것을 눈치채고는 곧바로 그 집에서 뛰쳐나왔다. 하지만 갈 곳이 없어 성밖 물가에서 낚시를 하고 있었다. 그때 빨래를 하던 노파가 한신을 불쌍히 여기고 자기 집에 데려다 수십 일 동안 재우고 밥을 먹여주었다. 그때 한신은 감격하여 이렇게 말했다.

"고맙습니다, 할머니. 훗날 제가 출세를 하면 반드시 은혜를 갚겠습니다."

그러자 노파는 웃으면서 이렇게 대답했다.

"사내 대장부가 잠시 배를 곯는 것은 있을 수 있는 일이네. 내가 어찌 보답을 바라고 하는 일이겠나. 괘념치 말게."

이렇게 정처없이 살아가던 한신에게 당시 마을의 왈패 한 사람이 시장통에서 커다란 모욕을 주었다. 그는 사람들이 모여 있는 가운데 길을 막고 한신에게 칼을 내밀면서 이렇게 조롱했다.

"이놈아, 네가 사나이로서 배짱이 있다면 이 칼로 나를 찔러 죽이고 지나가거라. 그렇지 못할 거라면 내 가랑이 사이를 기어서 이 길을 지나가야 한다."

봉변을 당한 한신은 잠자코 생각한 끝에 무릎을 꿇고 그 왈패의 가랑이 사이를 기었다. 이를 본 구경꾼들은 비겁한 녀석이라고 한신에게 손가락질을 했다.

훗날 한신이 유방을 도와 초패왕 항우를 무찌르고 초왕에 봉해졌을 때 예전의 빨래하던 노파를 불러 천금을 주면서 깊이 감사했다.

"내가 오늘 이렇게 출세한 것은 할머니의 은덕입니다."

그리고 먼저 머물렀던 남청정의 관리를 불러서는 백금을 주면서 "당신은 시시한 사람이다"라고 질책했다. 아내 하나 건사하지 못하여 은덕을 베풀었으면서도 끝까지 다하지 못하는 속좁음을 비웃은 것이었다.

한편, 자신으로 하여금 가랑이 사이로 기는 모욕을 주었던 왈패를
불러 중위 벼슬에 임명하면서 한신은 이렇게 말했다.

"그대는 용감한 사람이다. 그대가 나를 모욕했을 때 칼을 들어 찌르
고 싶은 마음이 왜 없었겠는가? 하지만 당시 내가 굴욕을 감수한 것은
그대 한 사람을 죽여보았자 아무런 이득이 없었기 때문이었다. 어쩌
면 그대의 가랑이 사이를 기었기 때문에 오늘의 내가 있는 것이니, 지
난날의 잘못을 용서하고 상을 내리는 것이다."

❀

"원수는 외나무 다리에서 만난다"라는 속담이 있다. 누군가에게 원
한을 심어준 사람은 반드시 피치 못할 곳에서 그 응보를 당한다는 뜻
이다.

유대인의 교과서라 할 수 있는 『탈무드』에는 '두 사람이 싸울 때 먼
저 포기하는 자가 고상한 사람이다' 라고 쓰여 있다. 원수를 원수로 갚
는 것보다 용서로 갚는 것이 지혜로운 자의 처신이라는 것이다.

세상살이에서 좋은 느낌으로 헤어졌던 사람처럼 추억을 따뜻하게
장식해주는 것도 드물다. 인생은 생각처럼 짧은 것이 아니다. 선행이
든 악행이든 한번 맺어진 사람은 언젠가는 다시 만나게 되어 있다.

백수건달이었던 한신이 커다란 성공을 이룬 다음의 행동은 참으로
많은 것을 시사해준다. 그는, 선행을 베풀었어도 일관성이 없었던 관
리를 질책하고, 악을 행하는 데도 자기 목숨을 걸었던 왈패에게 벼슬
을 주었다.

아마 그 왈패로서는 한신의 눈길에 목덜미가 시렸을 테지만 그는 실로 용서가 최고의 복수임을 평생 동안 알지 못했을 것이다.

우리가 살아가는 과정 속에서 입는 상처란 실로 일시적인 장애에 지나지 않는다. 그것을 딛고 일어서서 하나의 원대한 목표로 나아갈 때는 과거의 작은 갈등은 과감히 버려야 할 것이다.

뒤를 돌아보는 것은 그야말로 소인배들의 행태다. 진실로 큰 사람은 작은 원한에 연연해하지 않는다. 포용하는 사람만이 더 큰 세계를 볼 수 있기 때문이다.

사람이 곧 하늘이다

하늘은 푸르고 푸르다.
아무 소리도 들려오지 않는다.
찾을 길 없는 하늘, 그 하늘은 어디에 있는 것인가.
하늘은 곧 사람의 마음속에 있다.
(天命-2 · 소강절)

매화는 사람을 고상하게 만들고

난초는 사람을 그윽하게 만들며

국화는 사람을 소박하게 만들고

연꽃은 사람을 담백하게 만든다.

봄해당화는 사람을 요염하게 만들며

모란은 사람을 호탕하게 만들고

파초와 대나무는 사람을 운치있게 만든다.

가을해당화는 사람을 아름답게 만들고

소나무는 사람을 편안하게 만들며

오동나무는 사람을 맑게 만든다.
또한 버들은 사람을 감동하게 한다.

맑게 살아간다는 것은 무엇인가? 자연과 어우러져서 자연의 흐름에 따라 유유자적하는 삶이 바로 그것이 아닌가. 하늘의 뜻, 하늘의 심판, 하늘의 선택 운운하는 말들이 있다. 이는 또한 사람의 마음이 그것을 움직이고 제어할 수 있기 때문이 아니겠는가.

북송 때의 사상가인 소강절은 사람의 마음에 자연스럽게 다가오는 진정한 느낌이 바로 하늘의 뜻이라고 말하고 있다.

먼 데에서 진리를 찾지 말고 자기 스스로 숙고한 결과를 받아들이도록 하자. 자연 안에 내가 있고 자연이 곧 나라는 생각이 담겨 있다면 무슨 일이든 조심하고 경계하면서 행하지 않을 수 없다.

눈 내린 밤, 밝은 달 비치어오면 마음이 문득 그와 같이 맑아지고, 봄바람의 따뜻한 기운을 만나면 뜻 또한 저절로 부드러워지니, 자연과 사람의 마음은 한데 어울려 조금의 틈도 없느니라.

얼마나 여유롭고 차분한 정취인가. 인간이 맑고 건강한 본연의 모습으로 되돌아가는 첩경은 이와 같이 인간과 자연이 하나라는 의식이 아닐까.

떳떳한 나를 찾으라

사람들 사이에서 속삭이는 말도
하늘의 귀에는 우레처럼 크게 들리고,
어두운 방 안에서 마음을 속여도
귀신의 눈에는 번개처럼 밝게 보인다.
(天命-3 · 현제)

태조 이성계가 젊었을 때 의주에 유명한 점쟁이가 있다는 말을 듣고 찾아가 자신의 앞날을 물었다. 그러자 점쟁이는 그의 얼굴을 한 번 보더니 붓과 종이를 내놓으며 이렇게 말했다.

"당신은 골상이 매우 좋습니다. 무슨 글자든지 한 자를 여기에 써보시오."

이성계는 잠시 생각하다가 종이 위에 물을 '문間자'를 썼다. 그러자 점쟁이는 머리를 탁 치며 이렇게 풀이를 해주었다.

"오른쪽으로 보아도 임금 군자요, 왼쪽에도 임금 군자이니 당신은 분명히 왕이 될 팔자입니다."

　내심 권좌를 꿈꾸던 이성계는 기분이 흡족했다. 하지만 점쟁이가 슬쩍 넘겨짚은 게 아닐까 하는 의심이 생겼다. 그런데 길을 가다보니 자신과 골상이 비슷한 거지가 눈에 띄었다.

　이성계는 거지를 불러 깨끗이 씻긴 다음 새옷을 입히니 과연 귀공자풍이 역력했다. 그는 거지에게 돈을 쥐어주고는 점쟁이를 찾아가 팔자를 알아보라고 시켰다. 물론 자신이 쓴 ‘물을 문’ 자를 종이에 꼭 쓰라고 이르는 것을 잊지 않았다.

　거지는 이성계가 시키는 대로 거드름을 피우며 점쟁이 앞에 앉았다. 그러자 점쟁이는 역시 종이와 붓을 내밀며 글자 한 자를 쓰도록 했다. 거지가 물을 ‘문問자’를 써내자 점쟁이는 이렇게 풀어냈다.

　“입을 문 앞에 걸고 있으니 필시 빌어먹을 팔자로구나.”

　그러자 밖에서 기다리고 있다가 거지로부터 이 말을 전해들은 이성계는 무릎을 치며 탄복했다고 한다.

　윗글은 야사에 전해지는 이야기로 이성계의 역성혁명을 비호하는 내용이지만, 그 안에는 사람이 제아무리 자신을 감추려 해도 하늘은 이미 모든 것을 알고 있다는 의미심장한 뜻도 담겨 있다.

　사람의 악한 마음과 나쁜 소리는 하늘이 알고 땅이 듣는다. 언제나 심신을 정갈하게 갖추고 선하게 살아가는 가운데 진실로 하늘이 축복하는 이룸이 있을 것이라는 뜻이다. 사람이 제아무리 잘난 척을 해도 어떤 일이 빚어낸 결과는 곧 하늘의 뜻과 다름없다.

뛰어난 무예와 호방한 기세로 천하를 주름잡았던 초패왕 항우도 촌구석의 바람둥이 건달에 불과했던 유방에게 패했으며, 제갈공명에 필적할 만한 지모를 가졌던 방통도 촉땅을 공략하다 화살에 맞아 큰 뜻을 펼쳐보지도 못한 채 불귀의 객이 되고 말았다.

이것은 다 그들이 그리하고 싶어서 된 것이 아니라 인간들의 어우러짐 속에서 피할 수 없이 빚어진 결과다.

에티오피아 속담에 "사람은 모르고 재판하지만 신은 알고 벌한다"라는 말이 있다. 또 성서의 「고린도전서」에는 '하느님의 미련한 것이 사람보다 지혜롭고, 하느님의 약한 것이 사람보다 강하니라' 는 경구가 담겨 있다.

전 세계 어디를 막론하고 이처럼 하늘을 경계하고 두려워하지 않는 곳이 없는 것은, 그만큼 선악을 구별하여 행하려는 마음이 있다는 것이다.

오늘 죄를 짓고 내일 복을 기대할 인간이 어디에 있을까. 하루를 살아도 떳떳한 나를 찾도록 하자.

준비하고 계획하라

(順命-3 · 『경행록』)

조선 중기의 선비 조석윤은 학문에 조예가 깊고 예의가 남다른 사람이었다. 젊은 나이에 과거에 급제하여 벼슬길로 나아갔는데 매사에 신중하여 그르치는 일이 없었다.

조석윤이 진주목사로 제수되었을 때의 일이다. 그는 부임 첫날부터 상관인 진주병사에게 매일 새벽같이 찾아가 문안인사를 올렸다. 그러자 병사는 늦잠도 자지 못하고 그의 인사를 받기 위해 일찍 잠자리에서 일어나는 것이 괴로웠다. 그래서 어느 날 그를 불러 이렇게 사정했다.

"여보게, 새벽 문안을 이제 그만두게. 내가 자네 때문에 도무지 잠이 부족해 살 수가 없을 지경일세."

그러자 조석윤은 얼굴을 붉히며 이렇게 대답했다.

"제가 새벽에 찾아가 병사께 문안을 드리는 것은 병사 개인을 위해서가 아니라 임금께서 제수하신 벼슬의 존귀함을 보이려는 뜻입니다. 그러니 병사께서 아무리 번거로우시더라도 저는 그만둘 수 없습니다."

이토록 그는 사소한 몸가짐 하나에도 엄격한 인물이었다. 언젠가 조석윤이 한양에서 관직을 맡고 있을 때의 일이다. 그는 집이 시흥이어서 출퇴근을 할 때면 노량진에서 나룻배를 타고 한강을 건너다니곤 했다.

어느 날 시흥의 집에 있던 아버지에게 이웃사람이 달려와서 큰일났다고 수선을 떨었다.

"대감, 오늘 제가 한강을 건너는데 댁의 아드님이 탄 배가 여울목에서 뒤집혀 한 사람도 살아남지 못했습니다. 어서 가서 시신이라도 찾으십시오."

그러자 조석윤의 아버지는 표정도 변하지 않고 이렇게 대꾸했다.

"석윤이 오늘 집에 오는 날인데 늦는 걸로 봐서 무슨 일이 있음은 분명하다. 하지만 그 아이는 매사 신중해서 경솔하게 행동하지 않는다. 자네가 잘못 본 게 틀림없다."

"그렇지 않습니다. 제가 분명히 아드님이 배에 탄 것을 보았습니다."

하지만 아버지는 미동도 하지 않았다.

"그럴 리가 없다. 나는 내 아들을 믿는다."

그런 와중에 대문이 열리고, 조석윤이 집안으로 들어섰다. 그를 본 이웃사람은 고개를 갸웃거리며 밖으로 나갔다. 조석윤은 아버지께 자초지종을 이렇게 아뢰었다.

"제가 처음에 그 나룻배를 타기는 탔습니다만, 배 안에 사람과 소가 너무 많아 적이 위험스럽게 여겼습니다. 그래서 도로 내려서 기다렸다가 다음 배를 타고 오느라 이렇게 늦었습니다. 심려를 끼쳐드려 죄송합니다."

과연 아들에 대한 아버지의 믿음이나, 그것을 저버리지 않는 아들의 조신함이 이와 같이 엄격하니 세상 사람들이 칭송해 마지않았다.

❉

반드시 입지 않으면 안 될 재앙이라면 어찌 요행으로 피해갈 수 있겠는가. 그러므로 평소 재앙의 화살이 자신에게 겨누어지지 않도록 매사에 조심해야만 하는 것이다.

"돌다리도 두드려보고 건너라"는 속담은 어떤 일을 행할 때 무작정 위험을 생각하라는 말이 아니다. 항상 주의깊게 행동하여 예기치 못한 상황에서 허둥대지 않도록 하라는 뜻을 담고 있는 것이다.

세상살이에는 신속하고 담대하게 처리해야 할 일이 있으며, 세심하고 사려깊게 생각한 연후 처리해야 할 일이 있다. 현명한 사람이라면 이 둘을 구분하면서도 결코 떼어놓지 않는다.

자신을 먼저 닦고 집안을 화목하게 한 다음 나라를 다스리면 천하가 평온해진다고 했다. 곧 제 한몸을 아끼는 것은 낳아주신 부모에 대한 공경이며, 제 학문을 깨우치는 것은 자신에 대한 공경이고, 널리 덕을 펴는 것은 나를 키운 세상에 대한 보은이 아니겠는가. 그러므로 우리는 어떤 일을 행하기 전에 스스로에게 부끄러운 일이 아닌가를 돌아보아야 한다.

재앙은 준비하고 계획하는 사람에게는 함부로 다가오지 못한다. 그래서 준비하고 계획하지 못한 재앙을 일컬어 '인재人災'라고 하는 것이다.

홍도 선생의 좌우명

간사하고 망령될 때는 이겨 누를 것을 생각하고,
방탕한 데로 흐를 때는 거두어 다잡을 것을 생각하며,
게을러질 때는 바로잡을 것을 생각하고,
자유롭지 않을 때는 풀어놓을 것을 생각하라.

들뜨고 조급할 때는 장중할 것을 생각하고,
마음이 상할 때는 부드러운 것을 생각하며,
경박할 때는 신중할 것을 생각하고,
거칠 때는 정밀한 것을 생각하라.

각박할 때는 너그러울 것을 생각하고,
나약할 때는 씩씩할 것을 생각하며,
인색해질 때는 공평한 것을 생각하고,
교만할 때는 공손할 것을 생각하라.

마음이 들뜰 때는 참된 것을 생각하고,
거짓될 때는 정직한 것을 생각하며,
말할 때는 삼갈 것을 생각하고,
노여울 때는 화순한 것을 생각하라.

두터울 때는 세밀한 것을 생각하고,
좁을 때는 넓힐 것을 생각하며,
자랑할 때는 겸손할 것을 생각하고,
잘못을 말할 때는 캐내지 말 것을 생각하며,
남좋은 일을 드러낼 때는 살펴 삼갈 것을 생각하고,
속일 마음이 생길 때는 참될 것을 생각하라.

희망을 나누며 살아갈 때

(順命-5 · 열자)

송나라에 조상이라는 사람이 살고 있었는데, 어느 날 왕명으로 진나라에 사신으로 다녀왔다. 그런데 그가 처음 출발할 때는 초라한 수레 몇 대이던 것이 돌아올 때는 백여 대의 수레를 몰고 왔다. 조상은 의기양양하게 장자를 찾아와 자랑했다.

"내가 가난하여 그동안 초라한 집에서 짚신짝이나 지으며 살았는데, 오늘에서야 진나라 임금의 호감을 사서 졸지에 백 대의 수레를 얻었네. 알고 보니 출세란 건 그리 어려운 게 아니더군."

이에 장자는 코웃음을 치면서 조상을 향해 말했다.

"내가 듣기에 진나라 왕은 병을 고치려고 천하의 의사들을 불러모

으고 있다더군. 그리하여 종기를 칼로 째어 낫게 하는 자에게는 수레한 대, 치질을 혀로 핥아 가라앉히는 자에게는 수레 다섯 대……, 이렇게 해서 차츰 아래로 내려갈수록 수레의 수가 늘어난다고 들었네. 오늘 자네가 이렇게 많은 수레를 받아왔으니 혹시 진나라 왕의 치질보다 더한 병을 고쳐준 것이 아닌가?"

이 말을 들은 조상은 그만 얼굴이 새빨개진 채 집으로 돌아갔다.

재산과 명예란 스스로 집착한다고 해서 이루어지는 것이 아니라 하늘의 뜻에 달려 있다. 그러기에 작은 부자는 사람이 내지만 큰 부자는 하늘이 낸다고 하는 것이다.

세상을 바라보면 아무리 이재에 밝고 똑똑한 사람도 가난뱅이를 면치 못하는 경우가 있고, 지능이 부족하고 몸이 부실한 사람이라도 부유하게 사는 사람이 있다.

또 한때 부유하다고 해서 언제까지 부유할 수는 없고, 가난하다고 해서 언제까지 가난하란 법이 없다. 실제로 우리 주위에는 패가망신한 사람과 자수성가한 사람들이 공존하고 있지 않은가.

실로 우리의 삶을 풍요롭게 만드는 것은 많은 재산이 아니라 함께 누리고자 하는 희망이다. 이런 희망을 가진 사람들은, 부유해지면 함께 나누고 가난해도 웃음을 잃지 않는다. 그러기에 다음과 같은 옛날의 교훈이 오늘의 우리 마음에 와닿는 것이 아니겠는가.

부귀한 처지에 있을 때는 마땅히 빈천한 처지의 고통을 알아야 하고, 젊을 때에는 당연히 노쇠한 처지의 괴로움을 생각하라.

한낱 명예나 이익 따위에 이끌려 자신의 근본을 더럽히지 말자. 우리가 성실한 자세로 희망을 나누며 살아갈 때 하늘은 문득 행복이란 선물을 가져다주는 것이다.

뱀의 이빨보다 더 해로운 것은?

효자가 부모님을 섬기는 것은 기거하심에
공경을 다하고, 봉양함에 즐거움을 다하며
병드셨을 때엔 근심을 다하고, 돌아가실 때엔
슬픔을 다하며, 제사지낼 때엔 엄숙함을 다한다.
(孝行-2 · 공자)

영조의 뒤를 이어 등극한 정조는 일찍이 아버지인 사도세자가 뒤주 속에 갇혀 비통하게 세상을 떠난 것을 슬퍼하여, 화성군 대안면 안녕리에 있는 사도세자의 능인 융릉을 시간이 날 때마다 참배했다.

하지만 융릉은, 임금이 자주 행차하기에는 한양에서 너무 멀리 떨어져 있었으므로 효성이 지극했던 정조는 수원 천도 계획을 세우고 수원성을 축조하기까지 했다.

당시 정조의 어가가 수원으로 들어서기 전에 파장동의 노송이 우거진 고개를 지나가야만 했다. 그런데 고개가 너무 가팔라서 행렬이 지연되곤 했으므로 마음이 급해진 정조는 "왜 이리 더디냐(遲遲)"라고 짜증을 내곤 했다. 그리하여 사람들은 이 고개를 가리켜 '지지대 고개' 라고 이름 붙였다.

정조는 융릉의 참배를 마치고 한양으로 돌아갈 때면 이 지지대 고갯마루에서 행렬을 멈추게 하고 한참동안 능을 뒤돌아보면서 눈물짓곤 했다.

언젠가 봄철에 정조가 능을 찾았는데 송충이들이 솔잎을 갉아먹어 경관이 형편없이 변해 있었다. 그러자 정조는 송충이 하나를 잡아 입 안에 넣고 삼키면서 이렇게 소리쳤다.

"네가 아무리 미물이라 할지라도 어찌 내 아버지의 능에서 이럴 수가 있느냐? 차라리 내 오장을 먹어라!"

이에 신하들이 대경실색했지만 정조는 아무렇지도 않았다. 그런 일이 있은 뒤 융릉에 갑자기 까마귀와 까치떼가 몰려들어 능 주변에 창궐했던 송충이들을 모조리 잡아먹었다. 그리하여 사람들은 임금의 효성이 하늘을 움직였다며 탄복해 마지않았다.

❉

참된 효도를 몸소 실천했던 정조대왕의 일화다.

한 가족간의 자애와 우애, 효도란 실로 천륜으로 이루어지는 것이다. 때문에 예로부터 가족을 위해서라면 어떤 고난이나 희생이 주어진다 해도 당연스럽게 감내하는 것이 우리의 아름다운 풍속이었다.

하지만 예의가 무너지고 있는 오늘날에는 자식이 부모를 죽이고, 부모가 자식을 버리는 비극적인 일이 도처에서 벌어지고 있으니 참으로 한탄스러운 일이다.

세상에 부모 없이 태어난 자식은 없다. 그러므로 내가 먼저 부모님께 바르게 행하면 내 자식들도 나에게 어찌 바르게 행하지 않겠는가.

"불효한 자식을 가졌다는 것은 뱀의 이빨보다 더욱 몸에 해롭다"라고 통곡했던 셰익스피어의 희곡『리어왕』의 일절을 생각해보자. 세상의 누구라도 리어왕과 같이, 사랑하는 자식에게 버림받는 슬픔을 맛보고 싶은 사람은 없을 것이다.

너그럽고 따사로운 집안 분위기, 정이 골고루 퍼지는 부모형제간의 사랑이야말로 예의와 도덕을 아우르는 핵심이 아닐 수 없다.

재산이나 배움이 따뜻한 사랑을 뛰어넘을 수 없고, 훈계와 매질이 정성과 공경을 이길 수 없다. 오늘의 시대야말로 이런 가족간의 사랑이 더욱더 필요한 때인 것만 같다.

나는 곧 어버이의 거울

삼국시대 위나라의 명장 하후돈은 조조와는 팔촌지간이다. 성이 다른 것은 조조의 아버지인 조숭이 영제 때 환관 조등의 양자가 되었기 때문이다.

그는 일찍이 조조가 동탁을 죽이려다 실패하고 진류에 돌아와 병사들을 모으자 동생인 하후연과 함께 제일 먼저 천여 명의 부하를 이끌고 합류했고, 삼국의 쟁패전에서 한 번도 빠짐없이 참가하여 많은 공을 세웠다. 또한 훗날 조조가 죽자 그 역시 시름시름 앓다가 세상을 떠났다.

조조가 여포를 토벌할 때 적장 고순을 만나 싸우던 중 조성이 쏜 화살이 왼쪽 눈에 맞았다. 망설임없이 하후돈은 화살을 뽑다가 눈알까지 함께 뽑혀 나왔다.

그때 하후돈은 "이것은 내 부모님의 피와 살로 만들어진 것이니 함부로 버릴 수 없다" 하면서 입 안에 넣어 꿀꺽 삼켜버렸다.

훗날 이야기를 듣고 감탄하지 않는 사람이 없었다. 그의 효에 대한 실천 방법이 과격하고 괴이하기는 하지만, 한순간도 망설이지 않았던 그의 행동은 뭇 사람들이 쉽게 따라하지 못할 것이었다.

자식으로서 먼 곳에 갈 때는 어버이에게 행선지를 밝히고, 돌아오면 제일 먼저 여쭙고 경과를 말씀드리는 것이 당신들의 걱정을 덜어 드리는 일이다. 예로부터 자식이 부모보다 먼저 세상을 떠나는 것이 최고의 불효로 간주되었으므로 어디를 가든지 몸이 상하지 않도록 조심했던 것이다.

자식이 제아무리 뛰어나다 해도 결국 몸은 어버이의 뼈와 살로부터 비롯되었고, 배움은 그분들의 피와 땀으로 이루어진 것이다. 그러므로 어버이의 은혜는 평생을 갚아도 넘치지 않는다는 것이다.

이런 까닭에 자신의 몸을 헛되이 굴리는 것은 곧 어버이를 욕되게 하는 일로 치부되었다. 나는 곧 어버이의 거울이기 때문이다.

또한 나의 배움은 어버이에 대한 효도로써 완성되는 것이며, 나의 예절은 어버이의 모범으로부터 익힌 것이니, 그 모든 것을 업수이 행할 수 없었다.

　이런 이유로 예의를 천금같이 여기던 우리나라에서는 머리털조차 함부로 다루지 않는 유풍遺風이 오래도록 전해 내려왔다. 그리하여 개화기 때 단발령이 공포되자 부모로부터 물려받은 몸을 상하게 하는 불효를 저지르느니 차라리 죽는 것이 낫다 하여 자결한 사람이 이루 헤아릴 수 없었다.

　하지만 오늘날 일부 젊은이들은 몸을 오로지 제것으로만 알아 온 몸에 구멍을 뚫고 요란하게 장식하는가 하면, 머리털을 온갖 빛깔로 염색하고 괴상한 옷차림으로 감싸고 다니니, 전해 내려오는 효의 시선으로 보면 참으로 개탄스러운 일이 아닐 수 없다.

누가 나를 따르는가

(孝行-6)

『어우야담』이란 책을 남긴 유몽인에게는 매우 총명한 누이가 있었다. 그녀는 어려서부터 오빠의 어깨 너머로 공부를 하여 학문이 출중했지만 조금도 글을 아는 티를 내지 않았다.

나이가 들어 남양 홍씨 가문의 홍천민이라는 선비와 혼인하여 아들 서봉을 낳았는데, 병약한 남편이 일찍 세상을 떠나자 친히 아들에게 글을 가르쳤다.

그녀는 어린 아들이 조금이라도 게으름을 피우는 기색이 보이면 이렇게 말하며 사정없이 회초리를 들어 종아리를 때렸는데, 반드시 피가 난 뒤에야 그쳤다.

"너는 불행히도 어려서 아버지를 잃었다. 그러므로 세상 사람들로
부터 아비 없는 자식이라는 말을 듣지 않기 위해서는 남들보다 몇 배
더 노력해야 한다."

그러고는 아들의 피가 묻은 회초리를 보자기에 잘 싸서 장롱 속에
넣어두면서 말했다.

"이 회초리가 장차 우리 집안의 흥망을 좌우할 것이다. 나는 회초리
를 들면서 마음속으로 피눈물을 흘렸지만 네가 장성하면 이 어미를
자랑스럽게 여길 것이다."

그런데 이 어머니는 아들에게 글을 가르칠 때면 마치 외간 남자를
대하듯이 사이에 병풍을 치고 나누어 앉곤 했다. 어떤 사람이 이상하
게 생각하고 그 까닭을 물었더니 그녀는 이렇게 대답했다.

"모자간이란 부자간과 달라서, 아이가 글을 잘 읽으면 나도 모르는
사이에 기쁜 표정이 얼굴에 나타나게 됩니다. 그렇게 하다보면 자칫
아이가 자만심을 가질까를 염려하여 그렇게 하는 것입니다."

과연 이렇듯 어머니의 엄격한 교육을 받고 자란 홍서봉은 뛰어난
문장가가 되었으며, 훗날 벼슬이 영의정에까지 이르렀던 것이다.

자식은 부모를 닮는다. 그러므로 부모된 사람은 모름지기 그 행동
을 조심하지 않으면 안 된다. 자신이 '바담 풍風' 하면서 어찌 '바담
풍' 하는 자식을 꾸짖을 수 있겠는가.

선한 마음은 선한 자손을 낳고 악한 마음은 악한 자손에게 이어진

다. 이런 인간 관계의 근본이 무너지게 되면 나라의 기초가 흔들리게
된다. 오늘날 사회가 흔들리고 교실이 무너진다는 것은 이렇듯 가정
에서의 교육부터 어긋나 있기 때문이다.

이런 우려는 예나 지금이나 다름없는 것 같다. 조선 말기 탐관오리
의 학정에 대항하여 동학혁명을 일으켰던 녹두장군 전봉준이 기초한
「동학당 포고문」을 살펴보면 과연 윤리가 무너져가는 그때의 현실과
오늘날의 세태가 크게 다르지 않음을 알 수 있다. 그렇다면 현재를 사
는 우리에게 정신 혁명이 필요한 때가 아닌가.

사람이 세상을 살아가는 데 가장 고귀한 점은 인륜으로 인해서다.
임금과 신하, 어버이와 자식의 윤리는 사람이 지켜야 할 큰 인륜이
다. 임금이 어질고 신하가 충직하며 어버이가 인자하고 자식이 효성
스러워야 곧 가정과 나라가 발전해 다함없는 행복을 누릴 수 있다.
우리 임금은 인자하고 효성스러우며 총명하고 거룩하니 어질고 착
한 사람들이 잘 받들고 돕는다면 요순 시대와 같은 선정을 누릴 수
있을 것이다.
그런데 신하들이 그 벼슬자리를 훔치고, 임금의 총명을 가리고 아부
를 일삼아 충직한 사람을 물리쳐, 아으로 나라일을 도울 만한 인재
가 없어지고, 밖으로는 백성을 학대하는 탐관오리가 많아져 인심이
바뀌어 들어앉아도 즐길 수가 없고, 나다녀도 몸을 보전할 계책이
없다.
이에 포악한 정사가 날로 심해지고 악독한 소리가 서로 꼬리를 물
고 일어나서 임금과 신하, 어버이와 자식의 윤리와 윗사람과 아랫사

람의 질서가 어긋나고 무너졌다.

옛 사람은 예절과 의리와 청렴과 수치가 몸가짐에 잘 베풀어지지 않으면 나라가 망한다고 하였는데, 지금 우리나라의 형세는 옛날보다 더 심한 형편이다…….

좋은 말도 가려서 하라

남의 허물을 듣거든 부모의 이름을 듣는 것과 같이하여
귀로는 들을지언정 입으로는 말하지 않는다.
(쯔근-4 · 마원)

전국시대 위나라의 문후는 대장 악양으로 하여금 중산국을 공격하
도록 했다.

전쟁이 승리로 끝난 뒤 문후는 아들에게 새로 얻은 중산땅을 하사
한 후 신하들의 노고를 위로하기 위해 연회를 열었다. 그 자리에서 문
후는 환희작약歡喜雀躍하면서 신하들에게 물었다.

"나는 어떤 군주라고 할 수 있겠는가?"

그러자 신하들은 이구동성으로, 전하는 인자하고 의롭기 그지없는
군주라고 침이 마르도록 칭송했다. 이에 문후는 어깨를 으쓱해 보였
는데 돌연 임좌라는 신하가 나서서 이렇게 말했다.

"새로 얻은 중산땅을 고생한 동생에게 주지 않고 싸움을 지켜보기만
한 아들에게 주었으니 전하께서 어찌 인자하고 의롭다고 하겠습니까?"

이 말을 들은 문후는 얼굴이 불그락푸르락하면서 몹시 언짢아했다.
이를 본 임좌는 목숨이 위태로워진 것을 알고 얼른 그 자리에서 도망
쳐버렸다. 이 일로 졸지에 연회장이 얼어붙어버리자 문후는 분위기를
바꾸기 위해 적황이란 신하에게 다시 물었다.

"그대도 임좌와 같은 생각이오?"

그러자 적황은 망설이지 않고 대답했다.

"전하께서는 어진 군주이심에 분명합니다."

문후는 다시금 흐뭇한 기분이 되어 재차 물었다.

"어찌하여 그렇게 생각하는 것인가?"

"신이 듣기에 군주가 어질고 의로우면 신하가 솔직해진다고 했습
니다. 방금 임좌가 솔직하게 전하의 면전에서 비판할 수 있었던 것은
전하께서 어질고 의롭다는 증거가 아니고 무엇이겠습니까?"

이 말을 들은 문후는 껄껄 웃으면서 신하를 시켜 도망친 임좌를 찾
아 다시 연회장으로 불러들이도록 했다. 그리고 좀전에 그에게 화를
낸 것을 사과했다.

남의 잘못된 점을 함부로 말해서는 안 된다. 작게는 비방을 받고 크
게는 상대의 원한을 사기 쉬운 까닭이다.

누군가에 대한 불확실한 소문을 들었을 때에도 그것을 사실인 양 단

정해서는 곤란하다. 자신이 직접 본 것이라도 어떤 내막이 담겨 있는지 모르는데, 어찌 허튼 풍문을 진실처럼 남에게 퍼뜨릴 수 있겠는가.

"발 없는 말이 천리를 간다"라는 속담은 이처럼 헛된 말을 옮기는 사람이 많음을 경계하는 것이다. 그러므로 자신이 믿을 만한 사람으로 인정받으려면 반드시 해야 될 말만을 입 밖에 내뱉는 곡진함을 지녀야만 한다.

『명심보감』의 「정기正己-5」에는 이와 관련된 소강절의 다음과 같은 말이 이어진다.

다른 사람에게 비방을 듣더라도 화내지 말라.

다른 사람에게 칭찬을 듣더라도 좋아하지 말라.

다른 사람의 나쁜 점을 듣더라도 맞다고 맞장구치지 말라.

다른 사람의 착한 점을 듣게 되면 곧 그렇다고 인정하고 함께

기뻐하라.

착한 사람 보기를 즐겨하고

착한 일 듣기를 즐겨하라.

착한 말 하기를 즐겨하고

착한 뜻 모으기를 즐겨하라.

다른 사람의 나쁜 점을 들으면

가시를 등에 진 듯하라.

다른 사람의 착한 점을 들으면

난초를 몸에 지닌 듯하라.

영광과 명예를 초개처럼…

(正己-8 · 『경행록』)

춘추시대의 일이다. 초나라의 장왕이 송나라를 정벌하기 위해 대군을 이끌고 나섰다.

도중에 한 성을 포위하고 여러 날을 공격했지만 성 안의 군민이 합심하여 대항했으므로 쉽게 함락시키지 못했다. 마침내 전쟁이 지구전의 양상을 띠게 되자 원정군인 초나라군의 군량이 부족하게 되었다.

이에 장왕은 사마인 자반을 시켜 성 안의 사정을 알아보라고 했다. 농성중인 송나라군 역시 고립된 상태였으므로 사정이 좋지 않으리라 뻔했지만 너무나 꿋꿋하게 버티는지라 다른 이유가 있을 것이라 여겼기 때문이었다.

그리하여 성 안에 사자로 들어간 자반은 성을 지키는 장수 화원과 만나 이야기를 나누었다. 그런데 화원은 적장인 자반에게 성 안의 참혹한 사정을 숨기지 않고 말해주었다. 성 안의 군사들과 백성들은 식량이 떨어져 풀뿌리를 캐어먹고, 그도 떨어지자 우물물로 주린 배를 채우면서 버티고 있다는 것이다. 이런 사정을 들은 자반이 의아한 태도로 물었다.

"전쟁중에는 상대편끼리 상황을 숨기는 것이 상례인데 당신은 내게 어찌 그렇게 정직하게 말씀해주시는 것입니까?"

그러자 화원이 대답했다.

"내 일찍이 당신의 명성을 들어 알고 있습니다. 아무리 적군의 사자라 할지라도 상대가 군자일진대 어찌 뻔한 사실을 속이려고 하겠습니까?"

이 말에 감동한 자반은 화원에게 자신이 몸담고 있는 초나라 군대의 사정을 속임없이 이야기해주었다.

"우리도 마찬가지라오. 그대들의 저항이 워낙 굳세어 시일을 끌다 보니 이젠 군량이 거의 바닥을 보이고 있습니다."

장왕은 회담을 끝내고 돌아온 자반으로부터 이와 같은 회담 내용을 자세히 전해듣자 몹시 화를 냈다.

"그대는 어찌 적군에게 우리편의 기밀을 누설한단 말인가?"

그러자 자반은 정중히 읍을 하면서 장왕에게 이렇게 말했다.

"저희들이 이겨봤자 별로 얻을 것도 없는 작은 송나라의 장수가 거짓말을 하고 있지 않은데, 제가 어찌 큰 나라인 초나라의 장수로서 거짓말을 할 수 있었겠습니까?"

이 말을 들은 장왕은 느낀 바 있어 곧 포위를 풀고 고국으로 철수
했다.

✤

"재산을 잃은 것은 조금 잃은 것이요, 명예를 잃어버린 것은 많이
잃어버린 것이다. 그러나 용기를 잃어버린다면 모든 것을 잃어버린
것이다"라는 말이 있다.

명예란 일종의 훈장 같은 것이다. 사실 그것은 살아가는 데 필요한
의식주와는 아무런 상관이 없다. 하지만 사람에게 명예로움이 주어지
지 않는다면 노력이나 정의 등의 덕목이 위기에 빠질 것이다.

그것은 자신에게 투철한 사람들에게 주어지는 고귀한 것이다. 때문
에 그것마저 버릴 수 있는 용기가 있는 사람은 더욱 위대한 인물로 기
억하게 된다.

영국의 문호 셰익스피어는 일찍이 그런 명예나 명성 따위에 연연해
하는 사람들을 비웃으며 희곡 『뜻대로 하세요』에서 이렇게 썼다.

맛 좋은 술에 간판이 필요하지 않은 것처럼, 좋은 연극에는 에필로
그가 필요하지 않는다.

우리 주위에는 이와 같이 명예에 연연해하지 않고, 겉치레를 떨어
버린 숱한 사람들의 이름이 전해진다.

이혼녀 심프슨 여사와의 결합을 위해 과감히 대영제국의 왕관을 버

렸던 윈저공, 인도의 빈민들을 위해 일생을 바쳤던 테레사 수녀를 보라. 그들은 자신의 영광과 명예를 초개(草芥 : 풀과 먼지. 곧 하찮은 것을 일컬음)와 같이 여김으로써 지금도 세계인들의 가슴속에 영원히 남아 있다.

여유 있을 때는 걸어라

분노를 다스릴 때는 옛날 사람들처럼 하고,
욕심을 막을 때는 물을 막듯이 하라.
(正己-13 · 『근사록』)

진나라의 문공은 태자 시절 왕위 계승을 둘러싸고 궐내에서 분쟁이
일어나자 목숨을 부지하기 위해 측근들을 이끌고 이웃나라로 망명했
다. 그리하여 19년이란 세월이 흐른 뒤에야 비로소 귀국하여 왕위에
올랐다.

갑작스레 정권이 바뀐 진나라는 민심이 흉흉했으며, 신하들의 의견
도 통일되지 않아 다른 나라의 침략을 받으면 금방 무너질 것 같은 위
기 상황이었다. 그리하여 문공은 우선 민생을 안정시키고 신하들로
하여금 자신에 대한 믿음을 심어주는 데 일차적인 목표를 두었지만
마음대로 되지 않아 고심하고 있었다.

한편, 문공의 망명 시절에 시종으로 이부수란 사람이 있었다. 그는 매우 충직한 사람이었는데 갑자기 변심을 하여 식량과 돈을 몽땅 가지고 자취를 감추어버린 일이 있었다. 그로 인해 문공 일행은 끼니조차 걱정할 만큼 곤란한 처지에 빠져 이부수란 이름만 나오면 문공은 이를 갈았다.

그런 이부수가 진나라로 돌아와 염치도 없이 왕위에 오른 문공에게 만나줄 것을 청했다. 시종으로부터 전갈을 받은 문공은 몹시 짜증을 냈다.

"저런 뻔뻔스런 인간 같으니라고……. 그놈의 얼굴조차 보기 싫다. 옛정을 생각해서 목숨만은 살려줄 테니 어서 진나라 땅에서 사라지라고 해라."

그런데 이 말을 전해들은 이부수는 아무렇지도 않은 표정으로 시종에게 이렇게 물었다.

"정말 전하께서 그렇게 말씀하셨습니까? 혹시 전하께서 머리라도 감고 계신 게 아닙니까?"

이런 엉뚱한 질문에 시종이 어리둥절해하자 이부수는 이렇게 부연해서 설명했다.

"아, 잘 생각해보십시오. 전하께서 머리를 감고 계시던 중이라면 머리는 자연히 거꾸로일 테고, 그러면 생각도 자연 반대로 하게 되는 법 아니겠소? 잘 모르겠거든 어서 다시 들어가서 전하에게 내 말을 그대로 전하시오."

시종은 어이가 없었지만 그가 시키는 대로 했다. 문공이 그 말을 듣고 갑자기 호기심이 생겨서 이부수의 배알을 허락했다. 그리하여 몇 년 만에 문공을 배알한 이부수는 이렇게 진언했다.

"전하께서는 지금 어지러운 이 나라를 안정시키고 싶어하시지만 그동안 국내에 있던 많은 신하들이 두려움에 떨고 있는 이상 어려운 일입니다. 그들을 어떻게 안심시키고 충성하도록 하려 하십니까?

제가 전하의 망명시에 돈을 가지고 도망친 일은 세상이 다 알고 있거니와, 그 죄는 삼족을 멸해도 마땅합니다. 만일 전하께서 이런 저의 죄를 용서해주신다면 지난 과거사는 묻지 않겠다는 전하의 뜻이 천하에 널리 퍼질 것입니다.

바라건대 백성들의 마음에 전하의 분노가 아직 남아 있고 덕을 보이지 않으셨으니, 이로써 천하 평정의 기틀을 삼도록 하십시오."

이 말을 새겨들은 문공은 곧바로 이부수를 자신의 수레에 태워 장안의 대로를 달리면서 나라 안 백성들에게 그를 사면했음을 보여주었다.

그러자 뭇 신하들이 "저런 이부수까지 용서하셨으니 우리가 두려워할 것이 무엇이겠는가" 하면서 안심하고 주어진 책무에 최선을 다했다. 이렇게 해서 내실을 튼튼하게 다진 문공은 국력 증강에 박차를 가할 수 있었고 마침내 중원의 패자가 되었던 것이다.

성미가 급한 사람은 타오르는 불길 같아서 당하는 것마다 태워버리고, 은덕이 적은 사람은 싸늘한 얼음 같아서 닥치는 것마다 죽여버린다.

고집스런 사람은 죽은 물, 썩은 나무와 같아서 생생한 활동이 끊어져버리는 법이니, 이러한 것은 공을 세우고 복을 늘리기 어렵게 하는 것이다.

고서에 나오는 이 말은 성미가 급한 사람은 어떤 일에 닥치면 조급함 때문에 그르치기 쉽고, 너무 신중한 사람은 닥치는 일마다 심사숙고하다가 때를 놓치기 쉬우며, 융통성이 없는 사람은 변화를 두려워하여 상황에 맞는 판단을 놓치기 일쑤라는 말이다.

이러한 성격들은 한 사람이 뜻한 바를 이루는 데 가장 큰 장애물들이다. 바쁠 때는 뛰고 여유있을 때는 걸으며 힘을 비축해야 한다. 풍년을 맞았을 때 흉년을 대비하는 것은 지혜가 아니라 본능일 것이다. 그런 본능을 잊고서 무엇을 이룰 수 있겠는가.

아직 이와 같은 진리를 깨닫지 못하고 방황하는 사람이 있다면 마땅히 먼저 깨달은 사람이 완곡하게 충고를 해주어야 한다. 왜냐하면 아름다운 세상이란 함께 만들어가고 함께 누리는 세상이기 때문이다.

선행을 하려거든 끝까지 하라

사람들이 좋아하더라도 정말 좋아할 만한 것인지
반드시 살피며, 사람들이 미워하더라도
정말 미워할 만한 것인지 반드시 살펴보아야 한다.
(正근-16 · 공자)

춘추시대 말기 정나라는 이웃나라들에 비해 영토도 작고 물산도 보잘것없어 항상 외침을 두려워했으며, 백성들은 겨울을 넘기기가 힘들 정도로 궁핍했다.

이렇듯 허약한 나라의 재상으로 취임한 자산에겐 무엇보다도 헐벗은 농촌을 살리고 피폐해진 국력을 강화하는 것이 급선무였다.

그는 우선 농촌을 부흥시키기 위한 정책을 펴면서, 함께 다른 나라의 침략에 대비하여 군대를 강화하려고 새로운 세금을 신설했다. 백성들은 당장 세금이 늘어나자 자산을 몹시 원망했다. 하지만 자산은 꿈쩍도 하지 않고 자신의 정책을 밀어붙였다. 백성들의 저항을 걱정하는 조정의 대신들에게는 이렇게 설득했다.

"나라의 이익이 된다면 어찌 이 한몸을 아끼겠습니까? 지금 잠시 백성들의 불평이 있다고 해서 이 일을 그만둔다면 처음부터 아니 시작함만 못합니다. 내가 죽을지언정 이 뜻은 반드시 관철시키고 말겠소이다."

이런 단호한 태도에 흔들리던 조정의 대신들도 입을 다물었다. 정나라 왕도 자산을 믿고 후원했다.

그로부터 삼 년이 지나자 마침내 그의 정책이 효과를 거두기 시작하였다. 농촌은 풍요롭게 변하고 나라는 부강해져 주변의 대국들도 함부로 정나라를 넘보지 못하게 되었다. 그리하여 처음에 자산을 비난했던 사람들도 자산의 소신있는 정치에 칭송을 아끼지 않았다.

"선을 행하려거든 끝까지 하라. 그렇지 않으면 모처럼 행한 선도 쓸모가 없게 된다." 목표를 세웠으면 그 어떤 장애물에도 굽히지 말고 초지일관하라는 재상 자산의 말이다.

이 말은 "가다가 중지 곧 하면 아니 감만 못하다"라는 우리 속담과 너무나도 똑같다. 실로 확연한 진리는 고금을 초월하는 모양이다.

사람들의 성정性情이란 갈대와 같아서 아무리 옳은 정책이라도 자신에게 손해라고 생각하면 무책임하게 비난을 퍼붓는다. 반대로 이득이 눈에 보이면 작은 부정쯤은 쉽게 눈을 감는다.

이런 까닭에 바른 사람이 흔들리지 않고 소신을 지켜나가기가 참으로 힘들다. 마치 소경의 나라에 두 눈 멀쩡한 사람이 그들의 눈을 뜨게 해주려다 쫓겨난다는 우화와 다름이 없다. 그러므로 다음과 같은 간곡한 교훈이 등장하게 되는 것이다.

많은 사람들이 의심한다 하여 자신의 견해를 굽히지 말고, 자기의 의견에만 맡겨 남들의 말을 물리치지 말라. 작은 은혜에 이끌려 대국을 손상시키지 말고, 여론을 이용하여 사사로운 감정을 풀지 말라.

어떤 정책을 시행함에 있어 이리저리 여론에 이끌려서는 안 된다. 또한 자신의 의견만을 고집하는 것도 곤란하다. 하지만 스스로의 확고한 신념이 있다면 어설픈 반대 따위는 과감히 무시하고 밀어붙이는 것도 대장부다운 행동이 아닐까.

무릇 사사로운 감정은 공공의 정의를 해치고, 자신의 이익을 바라보면 반드시 그 업보를 받는다. 공사公私를 구별할 줄 알고 신념과 감정을 분별할 줄 아는 사람만이 큰 일을 이룰 수 있다.

반드시 앙갚음을 하리라?

모든 일에 너그러움을 좇으면
그 복이 저절로 두터워진다.
(표근-18)

시골의 한 농부가 아버지의 장례비용으로 쓰려고 장에 가서 소를 팔았다. 그런데 돌아오는 길에 산골짜기에서 두 사람의 도적을 만났다. 도적들은 돈을 빼앗은 다음 후환을 없애기 위해 그를 죽이려고 했다.

그때 난데없이 골짜기 어귀에서 요란한 사람의 발걸음 소리가 들려왔다. 도적들이 놀라 칼을 숨기고 보니 현내의 포도장교가 저잣거리를 살펴본 다음 포교들을 이끌고 돌아가는 중이었다.

포교들은 도적들을 보자 순식간에 달려들어 포박한 다음 죄를 물었다. 도적들은 겁에 질려 아무 말도 못했다. 그러자 지켜보고 있던 농부가 가만히 나서서 이렇게 말했다.

"나리, 그게 아닙니다. 제가 전에 두 사람에게 빚을 지고 여태까지 갚지 못했는데, 오늘 소를 팔고 돌아오는 길에 이 사람들이 저를 보고 빚을 갚으라고 채근하는 중이었습니다. 별일 아니니 심려하지 마십시오."

이 말에 포도장교는 비로소 추궁을 멈추고 두 사람의 포승을 풀어주면서 말했다.

"하도 들려오는 말이 험악하기에 이 사람들이 도적인 줄 알았네. 아무튼 여보게들, 받을 빚이 있더라도 너무 박정하게 추궁하는 법이 아닐세."

"예, 알겠습니다. 나리."

이렇게 해서 겨우 목숨을 건지게 된 도적들은 포교들이 떠난 뒤 농부에게 절을 하면서 말했다.

"우리는 빼앗고 죽이려 했는데, 오히려 우리를 살려주셨으니 그 은혜가 이루 말할 수 없습니다. 다시는 도적질하지 않고 착한 백성으로 살겠습니다."

그러고는 두 사람은 농부가 험한 산을 벗어날 때까지 지켜준 다음 칼을 버리고 멀리 떠나갔다.

❀

"오른손이 하는 일을 왼손이 모르게 하라"는 말처럼 선을 행할 때는 보답을 원해서는 안 된다. 은혜를 베풀 때 남을 도와준다는 자랑이 없어야만 받는 사람도 기꺼이 그것을 받아들일 수가 있다.

대개 어떤 대가를 바라고 건네는 것을 뇌물이라 하지 않는가. 너그러움이란 동정심이 아니라 나눔의 마음이다. 주면서 받음을 생각한다면 그것은 돈을 빌려주고 이자를 계산하는 고리대금업자와 다를 것이 하나도 없다. 말 한마디에 천냥 빚을 갚을 수 있다는 것은 마음이 다가가기 때문이다.

미운 자식에게 떡을 하나 더 주는 것은 나눔이 아니라 증오라고 한다. 상대방이 나에게 칼을 겨누었던 사람이라 할지라도 진정한 마음으로 손을 내민다면 아무리 흉악한 사람이라도 어찌 감동하지 않겠는가.

톨스토이의 『안나 카레리나』에는 "복수는 나에게 있노라, 반드시 앙갚음을 하리라"는 증오에 찬 구절이 있다. 이런 심성은 삶에 아무런 도움이 되지 않는다. 이런 사람의 생애는 분노와 증오로 얼룩진 비참함 외에는 아무것도 아닐 것이다.

다음과 같은 예수의 마음을 본받자. 이와 같이 행하면 복은 모르더라도 화는 비껴가지 않겠는가.

너희 원수를 사랑하며, 너희를 미워하는 자를 오히려 착하게 대하며, 너희를 저주하는 자를 위해 축복하며, 너희를 모욕하는 자를 위해 기도하라.

옳고 그름을 따지려거든

다른 사람을 헤아리려거든 먼저 자신을 헤아려보라.
남을 해치는 말은 거꾸로 자신을 해치는 것이니,
피를 머금어 남에게 뿜으려면
먼저 제 입이 더러워지는 법이다.
(正己-19 · 태공)

삼국시대 말기, 제갈공명을 끝까지 괴롭혔던 사마중달의 손자 사마염은 마침내 위나라의 정권을 빼앗아 서진 왕조를 세운 다음 스스로 황제가 되었다.

사마염은 삼국 중 최후까지 버티고 있던 오나라를 견제하기 위해 장군 양호를 국경 지대인 형주와 양양 방면에 주둔케 했다.

양호는 안으로 백성들을 덕으로 다스려 칭송을 받았으며 밖으로는 호시탐탐 오나라의 허점을 노리고 있었다. 하지만 당시 오나라에는 명장 육항이 있어 쉽게 침범하기 힘들었다.

육항은 매우 뛰어난 인물로 당시 오나라의 황제인 손호의 기세를 진정시키고 백성들에게 선정을 펴도록 종용함으로써 나라 안의 신망이 두터웠고, 그가 조련시킨 군대는 기세가 당당했다.

이렇게 국경에서 날카롭게 칼끝을 겨누고 있던 양호와 육항은 서로를 견제하면서도 일면 존경해 마지않았다.

언젠가 육항이 양호에게 좋은 술이라 하여 사자를 통해 보내자 양호는 의심하지 않고 마셨다. 또 육항이 병들자 양호가 약을 보냈는데, 육항 역시 독이 들어 있으리라 여기지 않고 단숨에 마셔버렸다.

그만큼 두 사람은 서로의 인격을 믿는 적이었다. 한편, 그런 까닭에 육항이 버티고 있는 한 오나라의 정벌은 요원한 것처럼 보였다. 하지만 육항이 나이가 들어 병으로 세상을 떠나자 양호는 즉시 낙양으로 달려가 황제에게 명장 두예를 후임으로 추천하면서 이 기회에 오나라를 쳐서 천하를 통일할 것을 건의했다.

그러자 개국공신인 가충을 비롯한 많은 신하들이 갖은 이유를 들어 오나라의 정벌을 반대했다. 이에 양호는 깊이 탄식하며 이렇게 말했다.

"세상 일은 뜻대로 되는 것이 아니로다. 천하 통일을 내 눈으로 보지 못하겠구나."

과연 그가 죽은 이듬해가 되어서야 무제는 공신들의 반대를 물리치고 두예를 시켜 오나라를 공격하게 했다.

당시 오나라는 육항이 죽은 다음 거리낄 것이 없어진 황제 손호의 폭정으로 내부에서부터 붕괴하기 시작했다. 때문에 두예의 대군이 물밀듯이 밀려들자 변변한 저항 한 번 해보지 못하고 그만 백기를 들고 말았다.

실로 위·오·촉의 수많은 영웅들이 명멸했던 오랜 삼국시대가 저물고 은인자중했던 사마씨에 의하여 중국이 한 나라로 통일되는 순간이었다.

❀

누군가의 선악을 따지려거든 먼저 자신이 상대방의 입장이 되어보아야 한다. 앞뒤를 헤아려보지도 않고 상대를 비판하게 되면 입을 연 그 자신이 가벼운 사람 취급을 받게 되는 것은 뻔한 이치다. 상대방의 단점보다는 장점을 보고 배우려는 마음이 그 사람의 격을 높여준다.

오나라에는 손호라는 폭군이 있었지만 또한 육항과 같은 현명한 장군이 있었다. 그런 인물이 있는 한 그 조직은 쉽게 무너지지 않는다. 진나라의 양호는 그것을 알았기에 육항에 대한 존경심을 버리지 않으면서도 때를 기다렸던 것이다.

사람이 살아가는 동안에 성공의 기회는 몇 차례 오게 마련이다. 하지만 그것은 억지로 이루어지지 않는다. 그것을 일러 제갈공명은 천시와 지리, 그리고 인화라고 했다.

사실 『삼국지』의 영웅들 가운데서 제일 빈곤한 환경에 처했던 이는 유비였다. 하지만 그는 인화人和, 즉 덕을 명분으로 일어섰기 때문에 나름의 성공을 거둘 수 있었던 것이다.

진실로 자신을 아는 사람은 아랫사람에게도 겸허하게 고개 숙이며 배울 줄 아는 사람이다. 그리고 상대를 진정으로 믿고 존경할 줄 아는 사람이다.

오늘 우리가 배워야 할 것은 무엇인가. 그것은 양호와 같이 상대방을 존중하면서 때를 기다릴 줄 아는 끈기일는지도 모른다.

가난은 마음에서 온다

만족할 줄 아는 사람은 가난하고 비천해도 즐겁게 살고,
만족을 모르는 사람은
부유하고 고귀한 지위에 있어도 근심스럽게 산다.
(安分-2)

조선시대, 선비 홍기섭은 젊었을 때 매우 가난하여 끼니도 잇기 힘들었다. 그런데 어느 날 아침, 어린 계집종이 부엌에 들어갔다가 나오더니 몹시 기뻐하면서 그에게 돈 일곱 냥을 건네주는 것이었다.

"나리, 이것이 솥 안에 들어 있었습니다. 이 돈이면 쌀이며 땔나무를 얼마든지 살 수 있어요. 분명 하늘이 나리를 살피신 것입니다."

이 말을 들은 홍기섭은 잠자코 방 안으로 들어가더니 종이에 '돈을 잃어버린 사람은 찾아가시오' 라는 방을 써서 대문기둥에 붙여놓았다. 잠시 후 유씨라는 사람이 찾아와서 방에 쓰여진 내용의 연유를 캐물었다. 그런 다음 유씨는 홍기섭에게 이렇게 말했다.

"어떤 사람이 남의 집 솥 안에 돈을 넣겠습니까? 제 생각에도 하늘의 뜻인 듯한데 그냥 가지시지요."

그러자 홍기섭은 단호한 어조로 대답했다.

"하늘의 뜻이라 해도 그것이 내 것이 아닌데 어찌 함부로 취할 수 있단 말입니까? 나는 절대로 그럴 수 없습니다."

이 말을 들은 유씨는 갑자기 땅바닥에 꿇어앉더니 눈물을 흘리며 말했다.

"용서하십시오. 사실은 제가 어젯밤에 나리 댁 부엌에 솥을 훔치러 들어왔었습니다. 그런데 집안이 너무 썰렁하여 문득 안쓰러운 마음이 생겨 솥 안에 일곱 냥을 넣어두고 간 것입니다. 나리의 청렴결백하심이 이와 같으니 정말 부끄럽기 짝이 없습니다. 다시는 도둑질을 하지 않고 곁에서 모시고 싶으니 허락해주십시오. 그리고 이 돈은 제 마음이니 제발 받아주십시오."

그러자 홍기섭은 유씨에게 돈을 되돌려주면서 이렇게 대답했다.

"당신이 죄를 뉘우치고 착한 사람이 되는 것은 좋은 일입니다. 하지만 이 돈은 절대로 받을 수 없습니다."

이렇듯 가난하면서도 자신의 지조를 지킨 홍기섭은 훗날 판서의 자리에까지 올랐으며, 아들은 헌종의 장인이 되었다. 유씨 역시 그의 가르침에 따라 선하고 근면하게 살아간 끝에 큰 부자가 되었다.

행복이란 물질이 아니라 마음의 문제라는 의미다. 스스로 주어진

현실에 만족하며 꿈을 일구어가는 사람이야말로 진실로 행복한 사람
이다.

영국의 사상가 밀은 "자신의 욕구를 충족시키려 노력하기보다는
그것을 억제하려 함으로써 행복을 얻을 수 있다"고 말했다. 또한 미국
의 사상가 헨리 디버드 도로는 "즐거움에 돈이 들지 않는 사람이 가
장 만족한 사람이다"고 했다.

이것은 곧 절제와 마음의 비움이야말로 행복의 요체임을 설파하는
것이다. 서양의 행복관이 이러하거니와 삶에 있어서 동양의 그것은
또 어떤 모습이겠는가.

아래와 같은 금언 한마디를 머금어보노라면 행복이란 동서양을 막
론하고 그리 다르지 않음을 알 수 있다.

마음에 이익을 탐내면 문득 굳센 기운이 녹아 약해지고, 지혜가 막
혀 어두워지며, 어두운 마음이 변하여 가혹해지고, 깨끗한 마음이 물
들어 더러워져서 인격을 파괴하고 만다. 그러므로 옛사람들은 탐내
지 않는 것을 보배로 삼았거니와 이것이 일세를 초월하는 방법이다.

욕됨이 없는 마음

(安分-6·「안분음」)

어떤 왕조이든지 처음에는 무장들의 힘으로 나라를 일으키게 마련이다. 하지만 일단 목적을 달성하고 나서 나라의 기틀을 잡고자 하면 무장들의 세력이 걸림돌로 작용하곤 한다.

이런 까닭에 일찍이 한고조 유방도 '토사구팽'이란 소리를 들으면서 수많은 장수들을 숙청시켰으며, 조선의 태종 역시 숱한 원망을 무릅쓰고 개국공신들을 조정에서 쫓아냈던 것이다.

중국의 어지럽던 5호16국 시대를 종식시키고 천하를 통일한 사람은 송나라의 태조 조광윤이었다. 그 역시 송나라를 세운 다음 공신으로 임명된 무장들의 세력에 대하여 적잖은 부담을 가지고 있었다. 하지만 함께 피를 나눈 동지들을 함부로 쫓아내려니 그동안 쌓아온 신망을 잃을까 걱정되었다. 이런 태조의 고민을 눈치챈 재상 조보가 묘안을 내놓았다.

어느 날 태조는 송나라 건국에 지대한 공로를 세운 석수신을 비롯한 여러 무장들을 불러 성대하게 주연을 베풀었다. 주연이 한참 무르익어가자 태조는 갑자기 문관들과 시종들을 물리친 다음 무장들에게 이렇게 말했다.

"그대들 덕분에 내가 제위에 올랐지만 이 자리가 가시방석 같아 잠을 이룰 수가 없다."

그러자 무장들이 모두 머리를 조아리며 위로했다.

"폐하께서 이미 천하의 주인이 되었는데 누가 감히 반역하겠습니까? 심려치 마십시오."

"지금이야 그렇다쳐도 언젠가는 그대들 중에 누군가의 마음이 바뀔 수도 있지 않겠나? 그렇게 되면 피를 나눈 동지들끼리 죽고 죽이는 참혹한 일이 생길 게 뻔하지 않은가? 나는 이것이 안타까워서 잠을 이룰 수가 없다는 말일세."

이에 당황한 무장들은, 자신들이 어떻게 해야 의심을 풀겠느냐고 물었다. 그러자 잠시 뜸을 들인 태조는 이렇게 대답했다.

"장자가 이르기를, 인생이란 마치 흰 망아지가 문틈 사이를 휙 지나가는 것과 같이 순식간에 흘러간다고 하였네. 어떤가, 자네들은 부질없는 권세 따위를 버리고 고향으로 돌아가 재물이나 모으고 여생을 즐기면서 자손을 번창시키는 것이……."

그러자 무장들을 대표해 석수신이 앞에 나서더니 감읍하며 말했다.

"옛날 한신은 백만을 호령했지만 한고조는 천하를 얻은 후 그를 의심하여 마침내 목을 베었는데, 우리 천자께서는 이토록 우리를 위해 근심하시니 어찌 감격하지 않겠습니까? 이것은 마치 죽은 것을 살려내어 뼈에 살을 붙여주시는 것이나 다름이 없습니다. 저희들은 폐하의 뜻을 따르겠습니다."

이렇게 해서 송 태조는 무장들의 힘을 물리치고 문치文治의 시대를 열어갈 수 있었다.

＊

만족滿足이라고 불리는 도시는 마음이라고 불리는 나라 안에 있다. 욕심을 버리고 주어진 자리에서 자신의 행복과 평안을 찾는다는 것이 얼마나 중요한가.

미국 필라델피아의 한 병원 로비에는 다음과 같은 글귀가 액자에 담겨 걸려 있다.

사람의 마음을 편안하게 하고

육체에 힘을 불어넣어주는 것은

종교와 잠, 음악과 웃음이다.

신을 믿으라, 그러면 편안한 잠을 이룰 수 있다.

음악을 즐겨라, 삶에 미소지을 수 있게 된다.

그리하여 당신에게 건강과 행복이 찾아온다.

삶의 만족이란 재물에 있다고 믿는 사람들이 있다. 하지만 그것은 극적인 허구다.

철학자 디오게네스는 물통 안에서도 만족했지만 제왕 알렉산드로스는 전 세계를 가졌으면서도 만족하지 못했다. 실로 만족이라는 신비의 단어는 거지를 부자로 만들고, 부자를 거지로 만든다.

이런 까닭에 중국의 석학 임어당은 "가질 수 없는 것에 대한 욕망을 버리고 현재 가진 것을 즐기는 것이야말로 만족한 삶"이라고 역설했던 것이다.

실로 우리가 해야 할 것은 부족함에 대한 절망이 아니라, 있는 것에 대한 기쁨의 표현이 아닐까. 인생을 낙관적으로 즐기며 살아 있다는 것, 일할 수 있다는 즐거움을 한껏 누리는 것이 현명하지 않을까.

오늘만큼은

시빌 F. 패트리지

1. 오늘만큼은 행복하자. 사람은 스스로 행복해지려고 결심한 정도만큼 행복해진다.

2. 오늘만큼은 주변의 상황에 맞추어 행동하자. 무엇이나 자신의 욕망대로만 하려 들지 말자.

3. 오늘만큼은 몸을 조심하자. 운동을 하고 영양을 섭취하자. 혹사시키거나 무리하지 말자.

4. 오늘만큼은 정신을 굳게 차리자. 무엇인가 유익한 일을 배우고 나태하지 말자. 노력과 사고와 집중력을 필요로 하는 책을 읽자.

5. 오늘만큼은 남에게 눈치채지 않도록 친절을 다하자.

6. 오늘만큼은 기분좋게 살자. 남에게 상냥한 미소를 지어주고, 어울리는 복장으로 조용히 이야기하며, 아낌없이 남을 칭찬해주자.

7. 오늘만큼은 이 하루가 보람차도록 하자. 인생의 모든 문제는 한꺼번에 해결되지 않는다. 하루가 인생의 시작인 것 같은 기분으로 오늘을 보내자.

8. 오늘만큼은 계획을 세우자. 매 시간의 예정표를 만들자. 조급과 망설임이라는 두 가지 해충을 없애도록 마음먹자. 할 수 있는 데까지 해보자.

9. 오늘만큼은 30분 정도의 휴식을 갖고 미음을 정리히보자. 때로는 신을 생각하고 인생을 관조해보자.

10. 오늘만큼은 그 무엇도 두려워하지 말자. 특히 아름다움을 즐기며 사랑하도록 하자. 나의 사랑하는 사람이 나를 사랑한다는 믿음을 의심하지 말자.

누가 보지 않아도…

밀실에 앉아 있어도 탁 트인 네 거리에 앉아 있듯이 하고,
작은 마음 쓰기를 여섯 필 말을 부리듯이 하면
가히 허물을 피할 수 있을 것이다.
(存心-1 · 『경행록』)

조선 선조 때의 이름난 재상 노수신은 중종 때 문과에 급제하고 초시와 회시, 전시에 장원급제했으며 퇴계 이황과 함께 독서당에 뽑혀 도학 연구에 힘쓴 인물이다.

을사사화 때 벼슬을 버리고 충주에 돌아갔으나, 곧 양재역 벽서사건으로 진도에 유배되어 19년 동안 귀양살이를 했다. 당시 진도군수는 홍인록이라는 강직한 인물이었는데, 노수신이 조정의 고관 출신이라고 해서 조금도 감시 감독을 소홀히 하는 법이 없었다.

홍인록은 불시에 유배지의 집을 찾아와서는 노수신이 이불을 덮고 자고 있으면 "어찌 죄인이 따뜻하게 잘 수 있느냐" 하면서 이불을 빼

앗아갔고, 어쩌다 쌀밥이 상 위에 오르면, "죄인이 어찌 쌀밥을 먹을 수 있느냐" 하면서 밥상을 뒤엎곤 했다. 그러니 노수신으로서는 귀양 살이 하루하루의 고초가 이루 말로 표현할 수 없을 정도였다.

선조 때에 이르러 노수신은 한양으로 돌아와 홍문관 직제학으로 제 수되고, 벼슬이 차차 높아져 영의정 자리에까지 올랐다.

이때를 놓칠세라 그에게 잘보이려는 조정의 관리들이 진도 유배시 에 노수신에게 심하게 대했던 일을 문제삼아 홍인록의 관직을 빼앗아 버렸다.

뒤늦게 이 같은 사정을 알게 된 노수신은 홍인록을 거꾸로 승진시 켜 풍천관사에 임명하면서, 제멋대로 자신의 마음을 넘겨짚은 관리들 에게 이렇게 꾸짖었다.

"잘못이 있다면 그 당시 죄를 지은 나에게 있지, 어찌 법대로 죄인 을 다스린 홍인록에게 허물이 있겠느냐! 너희들이 장차 조정의 녹을 계속 먹으려면 마땅히 홍인록처럼 해야 할 것이다."

누가 보지 않아도 마치 네 거리 가운데 앉아 있는 것처럼 행동에 조 심하는 것이 바른 사람의 도리다. 그와 같은 광명정대한 가슴을 가진 이야말로 어떤 상황에 닥쳐도 스스로 떳떳하게 행동하는 사람이다.

실로 노수신과 홍인록의 관계는 죄인과 형리의 관계일지라도, 각자 가 스스로의 맡은바 상황에 충실했기 때문에 서로 거리낄 것이 없는 것이다.

"고통을 감수하지 않는 것은 인간이 되기를 거부하는 것이다"라는 유대인의 속담처럼, 노수신은 주어진 오랜 시간의 역경을 감내할 줄 알았고, 홍인록은 어쩌면 그 역경을 역경답게 살아갈 수 있도록 해주었다고 해도 과언이 아닐 것이다.

노수신은 진실로 큰 인물이었기에 자칫 소인배들이 머금기 쉬운 원한이나 복수라는 자잘한 마음에 물들지 않고 대국적으로 한 사람을 평가할 수 있었다.

우리는 이렇듯 세상을 살아가는 동안 부끄럼없이 모든 사람을 받아들일 수 있는 마음의 여유를 가져야 한다. 또한 내가 해주길 원하는 것을 오히려 먼저 베풀고, 하기 싫은 일을 남에게 강요하지 않는 넓은 마음을 키워가도록 하자.

성공이라는 이름의 장애물

조금 베풀고서 많은 것을 바라는 사람은
아무런 보답을 받을 수 없다.
높은 자리에 오르고 나서
어렵던 시절을 잊어버리는 사람은 오래가지 못한다.

(存心-5 · 『소서』)

한나라 유방의 뒤를 쫓아 대군을 이끌고 진나라의 도읍 함양에 입성한 초나라의 항우는 실로 유방과는 대조적인 조치를 취했다.

그는 우선 유방이 살려둔 진나라의 황제 자영의 목을 벤 다음 아방궁에 불을 지르고 석 달 동안 불타는 정경을 안주삼아 미녀들을 끼고 놀면서 승리를 자축했다.

진시황의 무덤을 파헤치고 일찍이 유방이 창고에 봉인해 놓은 엄청난 금은 보화도 몽땅 탈취했다. 초나라의 병사들이 함양의 민가를 약탈하고 부녀자를 겁탈하는데도 희희낙락하며 개의치 않았다.

모처럼 제왕의 길에 한 발 들어선 항우가 이렇듯 무모하게 스스로 이룩한 발판을 무너뜨리려 하자 참모인 범증이 걱정 되어 진언했다.

"전하, 전쟁은 이제부터 시작입니다. 지금 한나라 군사들이 군세를 가다듬어 저희들과의 일전을 준비하고 있습니다."

그러나 승리에 도취해버린 항우의 귀에는 충성스런 신하의 잔소리가 들려오지 않았다. 그는 이미 진나라 궁궐에 가득한 보물과 미녀들에게 솔깃했던 것이다. 오히려 항우는 현재 자신이 얻은 온갖 영광을 이끌고 고향인 강동땅으로 돌아가고 싶어했다. 그러자 이번에는 한생이라는 신하가 나서서 말했다.

"전하, 이곳 관중땅은 사방이 산과 강으로 둘러싸인 요충지인데다 땅도 비옥하오니 이곳을 근거로 하여 천하를 도모하십시오."

이 말에 항우는 고향 하늘 쪽을 바라보며 이렇게 대꾸했다.

"부귀한 몸이 되어 고향으로 돌아가지 않는 것은 비단옷을 입고 밤길을 가는 것과 같다. 만리타향에서 누가 나를 알아주겠는가."

이에 실망한 한생은 항우 앞을 물러나오며 이렇게 중얼거렸다.

"초나라 사람은, 원숭이에게 옷을 입히고 갓을 씌워놓은 것처럼 지혜가 없다고 하더니 과연 그 말대로구나. 이제 누가 있어 기울어가는 초나라를 바로 세울 것인가."

이 말을 전해들은 항우는 크게 노하여 한생을 끓는 물에 삶아 죽여버렸다. 이렇듯 자만에 빠진 항우는 훗날 한생의 예언대로 참모 범증의 간언을 무시했다가 유방에게 대패하고 사면초가에 몰리는 신세로 전락하고 말았다.

당신은 세계 최대의 야망을 가질 수 있는 사람이다. 달을 정복할 야망을 가져라. 그런 당신의 야망이 실현되지 못하도록 막을 사람은 아무도 없다. 단 한 사람을 제외하고는. 그것은 바로 당신이다.

이와 같은 찰스 로스의 조언처럼 당신은 누구보다도 큰 일을 도모할 수 있는 존재다. 그 누구도 당신의 정열을 막을 수는 없다. 하지만 당신이 목표에 다가가려면 반드시 하나의 장애물을 뛰어넘어야만 한다. 그것은 바로 성공이라는 이름의 장애물이다.

당신이 이룩한 작은 성공은 만족과 안락을 선물해줄 것이다. 그리하여 당신은 그 작은 봉우리에서 그간에 흘린 피와 땀의 결과를 죄다 탕진하게 될는지도 모른다.

사람이 미혹되기 시작하면 주변의 모든 아름다운 이야기들이 가치 없게 느껴지고, 선한 사람들이 바보처럼 생각된다. 애초에 품었던 드높은 야망은 이미 향락의 쓰레기통 속에 파묻혀버린다.

무엇이 그를 태우는가. 바로 끝없는 욕망의 미궁 속에 활활 타오르는 자신의 마음이다. 마치 불을 보고 달려드는 불나비처럼…….

이런 까닭에 성현들은 굳이 선함을 찾지 않더라도, 욕망에 휩쓸리지 않는 마음 하나를 가장 보배롭게 여겼다.

그 탐욕이 사람의 눈을 멀게 하고 성격을 포악하게 만들며, 오롯이 쌓아가야 할 자신의 지知 · 덕德 · 체體 전부를 일시에 수치스러운 이름으로 역사에 남기게 된다는 것을 너무나도 잘 알고 있었기 때문이다.

생각은 언제나 전쟁터에 나가는 날처럼 하고,
마음은 늘 외나무다리를 건널 때처럼 하라.
(存心-8)

바둑은 가장 역사가 오래 된 놀이다. 이것은 순 임금이 자신의 아들 상을 깨우치기 위해 창안해냈다고 한다. 또한 유교학자인 육상산陸象山은 이는 바둑판을 매달아놓고 관찰하다가 주역周易의 원리를 터득했다고 한다. 한편, 선비들은 바둑의 진퇴와 모략을 통하여 병법의 오묘한 이치를 깨달았다고 한다.

조선 중엽 김종귀란 국수國手가 있었는데 팔도 안에서 그의 적수를 찾아볼 수가 없었다. 하지만 나이가 들자 점점 실력이 쇠퇴하여 패국이 많아졌다. 그러자 김한흥이란 신진고수가 도전을 해왔다.

많은 구경꾼들이 둘러선 가운데 노소간의 명예를 건 일전이 벌어졌다. 젊은 김한흥의 행마行馬는 마치 날랜 소리개처럼 경쾌하게 움직여서 병든 소처럼 둔한 김종귀의 돌을 괴롭혔다. 그리하여 바둑을 시작한 지 얼마 되지 않았는데도 김한흥의 승리가 분명하게 보였다. 그러자 구경꾼들이 이렇게 수군거렸다.

"이제 김종귀의 시대는 끝났나 보군."

그때 수세에 몰린 김종귀가 바둑판을 가만히 밀치며 한숨을 내쉬고는 김한흥에게 말했다.

"내가 늙고 눈이 침침하여 판이 잘 보이지 않으니 오늘은 그만 하고 내일 계속하면 어떻겠나?"

이 말을 듣고 김한흥은 고개를 끄덕였지만 구경꾼들이 이구동성으로 오늘 중으로 끝낼 것을 종용했다. 이에 김종귀는 어쩔 수 없다는 듯 다시 바둑판을 끌어당기며 중얼거렸다.

"오늘은 나를 버려야겠군."

그리고 한참동안 바둑판을 뚫어져라 바라보더니 마침내 돌을 놓았다. 김한흥이 자신만만하게 대응했지만, 그로부터 김종귀의 묘수와 신수가 터져나왔다.

마치 흐르는 물을 끊어내듯, 독수리가 모이를 쪼듯 적의 요석을 공격하고 앞길을 차단하니 다 죽었던 그의 대마가 살아나고 거꾸로 포위했던 상대편의 말들이 죄다 죽어버리고 말았다. 의외의 결과에 사람들이 감탄을 금치 못하며 소감을 묻자 김종귀는 이렇게 말했다.

"한흥은 혈기방장하여 지금의 내가 평소대로 둔다면 도저히 이길 수 없는 상대였네. 하지만 때로는 늙은이의 교활함이 젊은이의 허점을 낚아챌 수도 있다는 것을 보여주고 싶었네. 과연 나 같은 사람이 물불 가리지 않고 달려든다면 어찌 늙은이라고 할 수 있겠는가? 요즘 나는 바둑이란, 세상살이와 같아서 잘 두는 것은 두렵지 않지만 잘못 두는 것이 두렵다고 느끼네."

인생에서 성공을 이루었다고 믿는 사람들은 과연 그것을 어떻게 증명할 수 있을까? 재산이나 명예, 학술적 성과? 아니다, 아니다. 보이는 것은 성공이 아니다. 성공은 보이지 않는 가운데 빛나는 것이다.

그것은 어쩌면 투쟁 끝에 잡은 대어를 상어에게 빼앗기고 집에 돌아와 아이와 함께 사자의 꿈을 꾸는 노인의 뼛속에 담겨 있는 그 무엇일 것이다.

그들은 앞길을 가로막고 있는 절벽을 넘어 또 다른 세계를 본 사람들이다. 그렇게 자신의 마음속에 환경보다 더 강한 것이 있다는 사실을 확신하는 사람들 외에는 위대한 성취를 남긴 사람이 하나도 없다. 그리하여 똑같은 비바람 속에서 어떤 배는 항구로 무사히 돌아가고, 어떤 배는 떠돌아다니다가 난파하기도 하는 것이다.

실로 약자는 기회를 기다리지만 강자는 기회를 만든다. 그들은 겸손과 관조 속에서도 때가 이르면 과감하게 실천하여 마침내 정상의 기쁨을 누리는 것이다.

하지만 그 기쁨은 숨어 있다. 히말라야의 고봉에 오른 산악인들은 웃지 않는다. 오히려 그 자리를 허락해준 산의 신령에게 초연한 마음으로 기도 드리는 것이다. 이런 의미에서 다음과 같은 벤자민 프랭클

린의 한마디는 도전하는 이들에게는 참으로 금과옥조가 아닐 수 없다.

성공을 하려거든 남을 밀어젖히지 말고, 또 자기 힘을 측량하여 무리하지 말며, 자기가 뜻한 일에는 한눈 팔지 말고 묵묵하게 해나가야 한다. 평범하나마 이것이 곧 성공이 튀어나오는 요술상자인 것이다.

불가사의는 아흐레밖에 가지 않는다

(存心-10 · 주문공)

전국시대 위나라 혜왕 때, 중신인 방공이 태자와 함께 인질로 조나라의 한단으로 가게 되었다. 방공은 자신이 떠나면 신하들 사이에 자신을 시기하는 온갖 참언이 일어날까 걱정했다. 그리하여 마침내 떠나야 할 날이 다가오자 혜왕을 찾아가 이렇게 물었다.

"전하, 지금 어떤 사람이 궁궐에 호랑이가 나타났다고 하면 믿으시겠습니까?"

"그런 허황된 말을 어찌 믿겠소?"

"그 뒤에 또 한 사람이 나타나 그 말을 한다면 어떠하겠습니까?"

"그렇다면 의심이 좀 들겠지요."

"또 한 사람이 그 말을 여쭙는다면 어떠하겠습니까?"

"그렇다면 나는 분명히 믿을 것이오."

"전하, 궁궐에 호랑이가 출몰할 수 없다는 것은 명약관화한 사실입니다. 하지만 세 사람이 연달아 그 말을 아뢴다면 전하는 거짓이라도 믿게 될 것입니다. 이제 제가 태자를 모시고 가는 한단은 이 궁궐보다 멀고, 거짓을 아뢰는 자는 역시 셋보다 많을 것입니다. 부디 저희가 떠난 뒤에 이렇게 전하의 귀를 어지럽히는 참언을 조심하십시오."

혜왕은 방공의 속뜻을 알고 걱정하지 말라고 일러 보냈다. 하지만 그가 떠난 지 얼마 되지 않아 과연 방공이 조나라의 신하가 되어 충성을 다하고 있다는 등의 참언을 하는 신하들이 줄을 이었다.

이에 혜왕은 그만 과거의 약속을 까맣게 잊고 방공을 의심했다. 그리하여 훗날 태자는 인질에서 풀려나 위나라 땅에 돌아올 수 있었지만 방공은 영영 돌아오지 못했던 것이다.

❀

일찍이 증자가 어렸을 때 그의 어머니에게 어떤 사람이 찾아와 증자가 시장에서 사람을 죽였다는 말을 했지만 믿지 않았다. 또 한 사람이 찾아와 똑같은 말을 했을 때도 믿지 않았지만 세 번째 사람이 그 말을 전하자 짜고 있던 베틀을 집어던지고 밖으로 뛰쳐나갔다고 한다.

실로 세 사람이면 없는 호랑이도 만들어내고, 없는 살인도 생겨나게 된다. 무의식중에 뱉어낸 나의 말 한마디가 누군가를 돌이킬 수 없는 수렁으로 밀어붙일 수 있다는 점을 명심하도록 하자.

『캔터베리 이야기』를 쓴 초서의 작품 『트로이러스와 크레인더』에는 "불가사의는 아흐레밖에 가지 않는다"라는 구절이 있다.

세상에는 수많은 뉴스와 유언비어가 난무하지만 적어도 일주일 정도면 잊혀지게 마련이라는 뜻이다. 그만큼 현대 사회는 무관심과 소외의 그늘에 덮여 있다.

하지만 그런 까닭에 비방이나 헛소문에 희생된 사람들이 자꾸만 늘어난다. 아무리 바른 상황 설명조차 변명이라는 말로 묻혀버리고, 차마 믿지 않은 사람들조차 막연한 의심을 품은 채 또 다른 뉴스에 고개를 돌리는 것이다.

이로 인하여 당사자가 입는 상처는 그야말로 치명적이다. 그러므로 역사를 돌아보면 지혜로운 사람이건 간사한 사람이건 간에 유언비어를 자신에게 유리하도록 이용한 예가 적지 않다.

탐욕은 끝을 모른다

(存心-16·『경행록』)

전국시대의 전략가인 손빈은 귀곡자란 스승 밑에서 방연과 동문수학했다. 귀곡자는 간교한 성품을 지닌 방연을 멀리하고 성품이 온유한 손빈을 더 사랑하여 자신이 간직하고 있던 병법서를 손빈에게만 전수해주었다.

훗날 방연이 위나라의 대장이 되었을 때 손빈은 그의 휘하에 있었다. 그런데 방연은 우연히 스승이 손빈에게만 병법을 전수한 사실을 알고 몹시 분개했다. 그러고는 손빈의 머릿속에 들어 있는 병법을 탐내어 그것을 빼앗기 위해 묘안을 짜냈다.

얼마 뒤 방연은 위나라 혜왕에게 은밀히 손빈이 적과 내통하고 있다고 무고하여 그로 하여금 무릎 아래를 잘리는 빈형臏刑을 받게 했다.

손빈이 영문을 모른 채 가혹한 형벌을 받아 오도가도 못하는 신세
가 되자 방연은 그를 은밀한 장소에 데려다놓고 친절하게 대접했다.
이에 감격한 손빈은 방연의 요구에 따라 귀곡자로부터 전수받은 병법
을 목간木簡에 기록해주기로 했다.

그런데 손빈을 감시하던 방연의 시종이 손빈의 인품에 감화를 받아
몰래 방연의 계략을 알려주었다. 그제야 간교한 방연의 술책을 알아
챈 손빈은 미치광이 행세를 하기 시작했다.

그날 저녁부터 손빈은 정신이 나간 듯 울다 웃고, 통곡하다 폭소를
터뜨리기도 하고, 침을 질질 흘리며 병법을 적은 목간을 불에 태우기
도 했다.

방연은 이런 손빈을 의심하여 오물이 가득한 통에 그를 빠뜨렸다.
하지만 손빈은 오물을 가지고 놀며 아무렇지도 않은 듯이 행동했다.
그러자 이번에는 술과 밥을 먹게 하자 손빈은 그것을 내팽개치며 자
신을 독살하려 한다고 화를 냈다. 방연이 다시 흙과 구정물을 가져다
주자 손빈은 아주 맛있다는 듯이 퍼먹었다. 그제야 방연은 그가 실제
로 미쳤다고 여기고 사람을 시켜 저잣거리에 내다버렸다.

그때 묵자의 제자인 금활리가 위나라에 왔다가 그 소문을 듣고 제
나라의 상국(相國 : 영의정 · 좌의정 · 우의정의 총칭)인 추기에게 현인이
고통받고 있음을 통보했다. 이에 추기는 제나라의 위왕에게 이 사실
을 알렸고, 위왕은 변사 순우곤을 위나라로 보내 은밀히 손빈을 모셔
오게 했다.

비로소 구원을 받게 된 손빈은 제나라의 위왕에게 귀순하여 장군이

되었다. 그리고 몇 년 뒤, 손빈은 자신의 병법을 십분 활용하여 위나라를 정벌하고, 마침내 자신을 모략하여 죽음의 구렁텅이로 내몰았던 방연의 목을 베었다.

❁

남을 책망하는 마음으로 자기를 책망하고, 자기를 사랑하는 마음으로써 남을 사랑하면 충실하고 너그러운 도리가 극진할 것이다.

조선 성종 때의 명신인 손순효의 말이다. 실로 남의 탓하기를 좋아하는 사람은 자신의 결점은 돌아보지 못하고 남의 결점만을 탓한다. 때문에 그 교제는 오래 지속되지 못하고 반드시 다툼이 생긴다.

사람이란 본시 자신을 돌아보고 반성하는 마음을 갖는 것이 우선이다. 그래야만 상대편도 겸손함으로 다가온다.

사람의 욕망이란 내버려두면 한이 없어서 이웃집 논의 곡식이 훨씬 더 낟알이 굵은 것 같고 남의 집 암소가 훨씬 더 살쪄 보이는 법이다. 이런 사람일수록 자기 집 곡식이나 암소를 더 가꿀 줄 모르면서 이웃집 논과 암소 탓만 한다.

자신을 위해서 스스로 만족하지 못하고 탐내고 빼앗으려 하면 반드시 업보를 받게 된다. 그것은 자신이 남보다 많아 그에 따라 원망하는 사람이 자연히 늘어나게 되어 있는 까닭이다.

재능은 인내를 이기지 못한다

당나라 고종 때의 일이다. 형주 지방에 한 울타리 안에서 수백 명의 가족들이 함께 사는데도 조금의 불화도 없이 단란한 집안이 있어 화제가 되었다.

대가족 제도하에서 몇 대가 화목하게 사는 것은 당시 풍습으로는 자연스러운 일이었지만 그렇듯 수많은 식구들이 한데 어울리면서도 아무런 충돌이 없다는 것은 당시로서도 매우 희귀한 일이었다. 언젠가 황제가 지방을 순시하다가 수령으로부터 그 이야기를 전해듣고 궁금하여 그 집안의 가장을 부른 다음 물었다.

"수많은 가족이 단란하게 사는 것은 참으로 가상한 일이다. 무슨 비결이라도 있는가?"

그러자 그 집안의 가장은 머리를 조아리며 종이와 붓을 꺼내들더니 참을 '인忍' 자를 수백 번 써 보였다. 이를 본 황제는 감탄하면서 이렇게 말하면서 큰 상을 내렸다.

"어진 백성이 나를 일깨워주었구나."

인내란 계속적으로 희망을 버리지 않는 것이다. 인간에게 인내가 없다면 완성이니 천재니 하는 단어들은 존재하지도 않았을 것이다.

세상에 모든 고상한 일들은 처음에는 불가능하게 보인 것들이었다. 하지만 시간과 땀과 눈물로 마침내 그것들이 이루어졌다.

자콥 리스라는 사람은 궁지에 몰릴 때마다 석공石工이 망치로 바위를 백 번 때려 금이 가게 하는 것을 구경했다고 한다.

바위가 백한 번째 망치질 때 둘로 갈라졌다 해도 그는 그것이 마지막 한 번의 망치질 때문에 그렇게 되었다고 생각하지 않았다. 왜냐하면 그것은 석공이 행한 모든 망치질의 결과였기 때문이다. 거기에서 그는 인내를 배운 것이다.

재능이 인내를 이길 수는 없다. 재능 없이도 성공을 거둔 사람들이 얼마나 많은가. 천재도 인내를 이길 수는 없다. 왜냐하면 실패한 천재는 세상 어디에나 널려 있기 때문이다. 교육도 마찬가지다. 세상에 교육받은 바보가 얼마나 많은가.

끈기를 가지고 목표에 매진하라. 성공한 사람들은 목표가 있지만

실패한 사람들은 공상이 있다고 한다. 공상이 사람에게 용기와 땀을

주지는 않는다. 그래서 인내는 쓰지만 그 열매는 달다고 하는 것이다.

당신은 지금 병들었는가?

(勤學-7 · 휘종황제)

공자의 제자인 원헌은 너무나 가난해서 겨우 두 발을 뻗을 정도의 작은 초가에 살고 있었다. 지붕은 띠풀로 엮어 올렸고, 잡초를 짜서 만든 문은 뽕나무 가지를 구부려서 여닫게 만들었다.

또한 그는 깨진 물항아리를 벽에 끼워서 창틀을 만들었고, 그 창에다 떨어진 삼베옷을 걸쳐 비바람을 막았다. 원헌은 이런 환경 속에서도 바르게 앉아 책을 읽고, 틈틈이 거문고를 연주하는 생활에 만족해하면서 살았다.

어느 날 동문인 자공이 화려한 복장에 화려한 마차를 타고 그를 만나러 왔다. 그런데 자공이 타고 온 마차가 너무 커서 원헌이 사는 좁은 골목으로 들어갈 수가 없었다. 어쩔 수 없이 자공은 마차에서 내려 걸어서 원헌의 집으로 들어갔다.

그때 초라한 관을 쓰고 있던 원헌이 신발을 질질 끌면서 명아주 지 팡이를 짚고 자공을 맞이했다. 자공이 그런 누추한 차림의 원헌을 보 고 놀라서 말했다.

"아아, 선생께서는 정말 병들고 쇠약한 모습이십니다."

이 말을 들은 원헌은 갑자기 화려한 차림의 자공을 불쌍하다는 듯 바라보며 이렇게 대답했다.

"재산이 없는 것을 가난이라 하고 학문을 해도 실천할 줄 모르는 것 을 병들었다고 하는 것이다. 지금 나는 가난하기는 하지만 자네처럼 병들지는 않았네."

이에 자공이 부끄러워 자신도 모르게 두세 걸음 뒤로 물러났다. 『장 자』에 실려 있는 이야기다.

❀

바둑을 두는 법은 작은 재주에 불과하지만 마음을 한 곳에 모아 뜻 을 다하지 않으면 그것조차 알지 못한다. 지금 혁추는 나라 안에서 바둑을 제일 잘 두는 사람이다.

그로 하여금 두 사람에게 바둑을 가르치게 했는데, 한 사람은 마음 을 한 곳에 모아 배우는 데 전력을 다했으며, 혁추가 가르쳐준 것을 귀담아들어 기억했다.

또 한 사람은 비록 그것을 듣기는 했으나 기러기와 큰 새가 눈에 보이면 활을 당겨 그것을 쏘아맞혀 잡을 것을 생각했으니, 함께 공부했다 하더라도 앞사람만 같지 못했던 것이다. 이런 결과가 나오는 것은 두 사람의 지혜가 다르기 때문은 분명 아니다.

『맹자』에 나오는 교훈이다. 아무리 좋은 스승과 좋은 책이 있다고 한들 스스로 공부하고자 하는 마음이 없고 쓸데없는 일에 한눈을 판다면 좋은 결과를 기대하기 힘들다.

사람의 지혜가 아무리 뛰어나다 한들 꾸준하게 한 길을 가는 사람의 집념을 어찌 이기겠는가.

모든 것은 마음에 달려 있다. 자신에게 부족함이 있다면 더욱 수양하고 정진해야만 하며, 마음이 어지러우면 기쁜 일을 생각하면서 삶을 살찌워야만 한다.

뜨거운 쇳물로 보검을 만들듯이…

일이 아무리 사소해도 실제로 하지 않으면
이룰 수가 없다. 자식이 아무리 어질더라도
가르치지 않으면 현명해지지 않는다.

(訓子-2 · 장자)

초나라 장군 자발이 진나라를 공격하다가 군량이 떨어졌다. 그리하여 사자를 시켜 왕에게 군량미를 청하게 하고는 돌아오는 길에 자신의 어머니에게 안부를 전하도록 했다. 사자가 자발의 집에 당도하자 어머니가 물었다.

"병사들은 모두 잘 있는가?"

"군량이 떨어져 병사들은 콩과 현미를 나누어 먹으며 지내고 있습니다. 때문에 장군의 명을 받아 조정에 군량미를 청하고 돌아가는 길입니다."

"그렇다면 장군은 요즘 어찌 지내는가?"

"예, 장군께서는 아침저녁으로 고기와 밥을 드시면서 잘 지냅니다."

사자는 이렇게 대답하고 자발의 집을 떠났다. 얼마 뒤 초나라 군대가 전쟁에서 이기고 개선했다. 집에 돌아온 자발이 어머니께 인사를 여쭈려 하였는데, 어머니는 대문을 걸어잠그고 그를 받아들이지 않았다. 자발이 영문을 몰라 큰 소리로 까닭을 물으며 호소하자 어머니는 사람을 시켜 이런 말을 전했다.

"월나라 왕 구천이 오나라를 토벌할 때 한 사람이 술을 바쳤다. 이에 구천은 홀로 마시지 않고 사람을 시켜 강 상류에 술을 붓게 하고는 하류에서 병사들이 그 물을 떠마시도록 했다. 이에 병사들이 왕의 마음에 감격하여 나아가 싸우는 데 힘이 다섯 배는 더 늘어났다고 했다.

또 어떤 사람이 한 자루의 말린 밥을 바쳤는데, 구천은 그것을 병사들에게 나누어 먹도록 했다. 그 단맛은 비록 목구멍을 넘어가기도 전에 없어졌지만 군사들의 사기는 열 배로 늘어났다고 한다.

허나 우리의 병사들이 콩과 현미를 먹으며 연명하고 있는데 너는 장군의 몸으로 혼자만 고기와 쌀밥을 먹었다니 참으로 괘씸하기 그지없다. 다른 사람들을 사지에 몰아넣으면서 자신은 편안함을 즐겼으니, 너는 비록 싸움에서 이겼다 할지라도 정당한 방법을 쓰지 않았을 것이다. 나는 너와 같은 자식을 둔 적이 없다."

이런 어머니의 호된 꾸짖음을 받은 자발은 며칠 동안을 대문 앞에 꿇어앉아 용서를 빌었다. 이것은 『시경』에 이른 "네 아들을 잘 가르쳐 선하게 하라"는 말을 실제로 행한 일이었다.

중국 속담에 "천하에 옳지 않은 부모는 없다"는 말이 있다. 부모는 어떠한 경우에서든지 자식에 대해서만큼은 올바르게 가르치려 한다는 것이다. 그것은 가족이란, 정직함을 바탕으로 이루어진 조직이기 때문이다.

용렬한 부모들은 자신들의 생활이 어떻든지 간에 자식에게는 효와 정직, 근면 등의 덕목들을 강요하는 이율배반적인 모습들을 보여주곤 한다.

그러나 교육에 있어서 가장 효과적인 것은 부모의 모범적인 생활이다. 그렇게 올바른 본을 보고 자란 아이들은 그것의 실천적인 자세까지도 몸에 담게 된다. 때문에 예로부터 올곧은 가문에서 충신과 효자가 많이 나왔음은 우연이 아니다.

교육의 힘이란 참으로 위대하다. 그것은 야생마를 준마로 탈바꿈시키고 뜨거운 쇳물을 보검이 되게 한다. 사람도 마찬가지라 아무리 천성적으로 어리석은 사람이라도 올바른 가르침에 따라서 준재가 될 수 있다. 그 출발은 역시 가정에서부터다.

부모와 자식은 나눔의 관계

(訓子-8)

충남 연기군에 한 효자가 살았는데, 어느 날 병든 어머니가 개고기가 먹고 싶다고 했다. 가난한 살림에 개고기를 마련할 방도가 없었던 효자는 가까운 처가집에 찾아가 사정을 말했다. 하지만 처남들은 한결같이 고개를 저으며 이렇게 말했다.

"일찍이 자네 어머니가 너무 인색했기 때문에 인심을 잃은 걸 모르는가?"

이에 장모에게도 청했지만 들어주지 않았다. 효자는 언제 돌아가실지 모르는 어머니의 소원을 들어드리지 못해 눈물을 흘리며 발길을 돌렸다.

어느덧 한밤중이 되었다. 고개를 넘어가는데 언뜻 밝은 불빛 두 개가 비쳤다. 효자가 걸음을 멈추고 자세히 바라보니, 호랑이 한 마리가 개 한 마리를 잡아다놓고 막 먹으려 하고 있었다. 효자는 얼른 호랑이 앞에 무릎을 꿇고 빌면서 말했다.

"우리 어머니께서 병이 나셨는데 개고기를 드시고 싶어합니다. 제발 나를 잡아먹고 그 개고기를 주십시오."

그러자 호랑이는 효자를 한참동안 바라보더니 개를 그 자리에 두고 산 속으로 사라져버렸다. 그리하여 효자는 개를 끌어안고 나는 듯이 집으로 돌아왔다. 그 아내가 반가워하며 그 개를 어머니께 삶아드리니 병이 씻은 듯이 나았다.

❀

아이들은 부모를 따라 배운다. 역시 가정이 교육의 출발점이라는 말이다. 옛날에는 일반적으로 아들의 교육은 아버지에게, 딸의 교육은 어머니에게 맡기는 것으로 인식되어 왔다. 하지만 현대적인 시각으로는 자식 교육을 부모 중 어느 한쪽이 전담하는 것이 아니라 공동의 책임으로 귀결되고 있는 듯하다.

아버지는 밖의 일, 어머니는 안의 일이 아니라 가족이란 관점에서 총체적으로 자식을 가르쳐야 한다는 것이다. 곧 부모님의 사랑과 관심이 아이들로 하여금 어느 한쪽에 편중되지 않은 종합적인 사고의 틀을 갖게 만든다는 뜻이다.

실로 과거 효자와 효녀라는 관점은 희생적인 관점이지, 사랑의 관점은 아니다. 생명을 주었으니 그 보답을 해야 하고, 은혜를 입었으니 반드시 갚는 것이 인간의 도리라는 견해는 유교적인 입장에서는 일면 당연한 듯하지만 현대적인 시점에서 보면 모순점이 쉽게 드러난다. 인간이 태어나면서 품고 있는 생명 본연의 존엄성과는 거리가 있는 까닭이다.

현대적인 가족 관계에서는, 자식이란 부모의 소유물이 아니라 함께 삶을 나누어가는 존재다. 부모는 자신의 분신에 대한 책임과 만족감을, 자식은 생명을 나누어준 부모에 대한 감사와 한 개인으로서의 가치를 추구해야만 한다. 그것은 뭔가를 요구하고 바쳐야 하는 관계가 아니라 나눔의 관계라는 뜻이다.

지금에 이르러선 자식을, 쟁기를 끄는 소처럼 엄하게 이끌고 채찍질하는 부모는 환영받지 못한다. 따라서 자식으로 하여금 사랑을 느끼게 하고 자신의 꿈을 향해 스스로 매진할 수 있는 환경을 만들어주는 부모가 되어야 하는 것이다.

누가 뭐래도 형은 영원한 형

후한 말기. 궁중에서 환관들의 전횡이 심해지자, 이에 대항하기 위해 태학생들이 '당인' 이라는 정치단체를 결성했다가 숙청당하는 '당고黨錮의 화禍' 라는 사건이 있었다.

이때 명망높던 태구현의 장관 진식도 연루되어 투옥되었지만 겨우 목숨을 건져 낙향한 뒤 손자들을 교육시키며 노후를 보냈다. 그는 일찍이 집에 들어온 도둑을 감화시켜 '양상군자梁上君子' 라는 고사성어를 만들어낸 인물이었다.

진식에게는 두 아들이 있었는데 장남 원방은 후한 말 동탁 밑에서 시중 버슬까지 했고, 동생인 계방은 젊어서 죽었지만 매우 똑똑했다.

원방의 아들 장문 역시 뛰어난 재능을 발휘하여 위왕 조조를 거쳐 위문제 조비 밑에서 일하면서 관리 등용법으로 유명한 구품관인법九品官人法을 입안·제정하기도 했다.

그 장문이 어릴 적에 숙부인 계방의 아들 효선과 함께 부친들의 공적을 예로 들면서 우열을 논하다가 결판이 나지 않자 조부祖父인 진식에게 달려가 의견을 물어보았다. 그러자 진식이 말했다.

"원방은 형이고 계방은 아우지만, 덕행으로만 보자면 원방을 형이라고 하기 어렵고 그렇다고 해서 계방을 아우라고 하기도 어렵다."

❀

이와 같은 일화에서 '난형난제難兄難弟'라는 고사성어가 비롯되었다. 곧 형제의 우열을 가릴 수 없다는 뜻으로 나중에는 어떤 일의 결과에 있어서 우열을 가릴 수 없는 상황을 지칭하는 말이다.

후세의 학자들은 이에 대하여 부모된 사람은 죽을 때까지 자기 자식의 우열을 가려 평을 해서는 안 된다고 말했다. 부모에게서 형보다 못하다는 말을 들은 아우도 기분이 좋을 리 없는데, 만일 동생보다 못한 형이라는 말을 듣는다면 역시 좋을 것이 없다는 뜻이다.

하지만 예나 지금이나 이렇듯 분별하고 배려하는 집안이 드물기에 부자간의 불신이 싹트고 형제간의 불화가 생기는 것이다. 그러므로 어른이 자식을 대할 때 칭찬과 힐난에도 분별이 있어야만 그 자식들이 경건함과 공정함을 품을 수 있게 된다.

일찍이 율곡 선생의 둘째형은 자신의 일을 동생에게 자주 시켰다고 한다. 하지만 선생은 게으름을 피우지 않고 고분고분 시키는 대로 따랐다.

　나이가 들어 선생의 벼슬이 우찬성에 이르렀지만 낮은 벼슬을 하고 있던 형의 버릇은 조금도 변하지 않았고, 선생 역시 형을 대하는 태도도 옛날과 다름이 없었다. 이를 보고 안타깝게 생각한 어느 제자가 어느 날 선생에게 이렇게 물었다.

　"이제 웬만한 일들은 자제분에게 시키시지요. 나이와 덕망과 벼슬이 그만한데 아직도 형님의 말을 자식처럼 따르시니 너무 지나치지 않습니까?"

　그러자 율곡은 이렇게 대답했다.

　"부형께서 나에게 명하시는데 어찌 자식에게 미룰 수 있겠나? 부형에게 공경하는 것은 아무리 지나쳐도 넘치지 않는 것이다. 내가 가지고 있는 벼슬이란 건 우연히 오는 것이므로 지위의 높낮이는 아무것도 아니다. 어찌 천성에 비길 수 있겠는가?"

훌륭함의 뒷면은 평범함이다

(省心 · 上-3)

조선 중엽 좌의정을 지낸 민정중은 술 때문에 아버지에게 호통을 쳤던 씻지 못할 불효를 저지른 적이 있었다. 그 일로 그는 평생 동안 술을 경계했다.

민정중은 아우인 유중과 우애가 지극했고 학문에도 일가견이 있어 일찌감치 과거에 급제를 하고 관직에 올라 임금의 총애를 받았다.

어느 날 형제는 강원감영에서 감사로 재직하고 있는 아버지를 찾아 갔다. 그때 아버지는 두 형제가 지나치게 술을 좋아한다는 것을 알고 근심하여 감영 안에서는 일체 술을 마시지 못하도록 했다.

그런데 어느 날 한양에서, 민정중은 이조참판에, 유중은 부제학에 제수했으니 다음날 상경하여 어지를 받들라는 어명이 떨어졌다. 아버지는 흐뭇한 마음에 잔치를 열어 그날 밤만은 형제가 술을 마시도록 허락했다.

두 형제는 높은 벼슬에 제수된데다 감영 안에서 오랜만에 마시는 터라 금방 취하여 흥이 도도해졌다. 그래서 대청으로 나와 앉아 하인들에게 술을 더 가져오라고 시켰다. 하지만 아버지는 두 아들이 과음하지 않도록 술을 그만 내가라고 명했다. 이런 사정을 알지 못한 형제는 계속해서 하인들을 재촉했다. 시달리다 못한 하인 한 사람이 이렇게 말했다.

"죄송합니다. 저희 감사어른께서 더 이상 술을 내가지 말라고 명하셨습니다."

그러자 이미 만취한 정중이 흥분하여 아버지가 감사란 사실을 깜박 잊고 동헌 쪽에다 대고 고래고래 소리를 질렀다.

"아니, 너희 감사가 참판 벼슬에 있는 우리를 이렇게 푸대접할 수 있다는 말이냐? 이런 괘씸한 일이 어디에 있느냐?"

이튿날 술에서 깨어 하인에게 간밤의 이야기를 들은 형제는 마당에 거적을 깔고 머리를 조아리며 아버지에게 용서를 빌었다. 그러자 아버지는 두 아들을 내려다보며 이렇게 말했다.

"모두가 술 탓이니 내 어찌하겠느냐. 하지만 너희들이 벼슬자리에 있으면서 그토록 자신을 자제하지 못한다면 백성들에게 원성을 살 것은 물론이고 자칫 불충하기 쉬울 것이다. 차후로 술을 조심하도록 하거라."

효성스런 자식, 어진 아내는 근심과 번뇌를 잊게 한다. 하지만 술은 근심을 가져오고, 돈은 인연을 끊어지게 하는 독약과 같다는 뜻이다.

부자들은 수중에 돈이 아무리 많아도 늘 부족하다고 푸념을 한다. 이런 까닭에 옛사람들은 이를 경계하여 '제 집의 무진장은 내버려두고 이집 저집 대문따라 쪽박 들고 거지 흉내낸다'라고 비웃었던 것이다. 그리하여 나라 안에 거지 아닌 부자가 드물다는 것은 예나 지금이나 다름없는 듯하다.

한편, 가벼운 술 한 잔은 건강에 도움을 주고, 친교의 도구가 되지만, 과하면 사람의 정신을 빼앗고 불화를 일으키는 마약이 된다. 그리하여 혹자는 전쟁이나 흉년, 전염병보다 무서운 것이 술이라고까지 극언했던 것이다.

이렇듯 선악이 불분명해 보이는 술에 대한 동양의 기본 개념은 무엇이었을까? 여기에 그 해답이 있다.

맛이 진한 술이나 살찐 고기, 또 고추 따위처럼 매운 것이나 사탕 같이 단 것은 결코 참다운 맛이 아니다. 참다운 맛이란 담담하고 흐뭇한 밤과 같다.

사람도 이와 같아서 신기한 일을 한다거나, 묘한 일을 한다고 해서 그 사람이 훌륭한 사람은 아니다. 참으로 훌륭한 사람은 평범한 일이라도 늘 시작과 끝이 같도록 아무런 사고 없이 해나가는 사람이다.

누린 만큼 반드시 잃는다

(省心 · 上-7)

송나라 태종에게, 하천의 수운에 종사하는 관리가 정부의 공물을 몰래 빼내어 잇속을 차리고 있다고 재상 여몽정이 보고했다. 이는 국가의 재산을 횡령한 큰 죄인지라 그 형벌로 따지면 극형을 면치 못하는 것이었다. 하지만 태종은 이렇게 명했다.

"단물을 빨아먹으려는 도둑들은 어디에나 있지만, 쥐구멍을 막으려는 것과 같이 좀처럼 근절되지 않는 법이오. 그러니 공무에 커다란 지장이 없다면 엄하게 추궁하지 말고 잘 타이르도록 하시오."

그러자 여몽정이 고개를 끄덕이며 말했다.

"참으로 폐하의 말씀에 어긋남이 없는 듯합니다. 물이 너무 맑으면 고기가 살지 않는다고 했으니, 관리에게 너무 청렴을 강조하여 심하게 문책하면 따르는 사람이 없을 것입니다.

군자의 입장에서 보면 소인배의 행동거지가 빤하게 드러나지만 큰 도량으로 대처해야 만사가 잘 풀려나가는 법입니다. 악인들에게도 발 붙일 곳은 있어야 하겠지요.”

송나라 2대 황제인 태종은 “나라를 다스리는 올바른 길은 부드러움과 엄격함을 절충해가는 데 있다”라는 말을 남겼다. 그는 절제와 인화를 바탕으로 나라를 다스려 혼란스러웠던 중국 대륙을 태평성대로 이끌었던 성군이었다.

그의 말대로 모든 화는 지나친 데서 비롯된다. 아낌에도 정도가 있어야 하고 기쁨에도 절제가 있어야 한다. 절제하지 못하면 자신이 누린 만큼 잃게 되는 것이 세상의 이치다. 그러므로 예로부터 처세에 밝은 사람들은 착한 사람들과 가까이하면서도 악한 사람들을 내치지 않았던 것이다.

적은 만들수록 늘어난다. 그것은 자신의 의식적인 행동으로 막을 수 있는 것이 아니다. 자신도 모르게 경원하고 미워하는 마음이 몸으로 드러나기 때문이다.

낮과 밤이 공존하듯이 선악은 공존한다. 때문에 선을 장려하고 악을 불쌍히 여기는 마음을 동양에서는 덕이라고 했던 것이다.

영국의 시인 프란시스 퀼즈는 「엠블렘즈」란 시에서 ‘현명하게 세속

적이어라. 세속적으로 현명하지 말라'고 노래했다. 이것은 약삭빠르게 세파에 영합하라는 뜻이 아니라 경우에 따라 현명하게 대처하라는 뜻이다.

　인간은 사회적인 존재다. 그러므로 이 사회에서 여러 사람들과 어울리며 살아가려면 이익과 손해를 조화롭게 해야만 한다. 홀로 고고하게 살고자 하면 저 히말라야의 고행자들처럼 사회 밖으로 나아가야만 하는 것이다.

　여러 사람들이 좋아하는 일이라도 잘 살펴서 따라야 하며, 여러 사람들이 싫어하는 일이라도 그것의 진실을 제대로 보고 판단하는 것이 바른 현명임을 안다면, 무엇이 영합이고 무엇이 대세인지를 구별할 수 있지 않을까 싶다.

목숨보다도 더 귀한 신의

높은 벼랑을 보지 못한 사람이 어찌 굴러떨어지는
환난을 알겠는가.
깊은 샘에 가보지 못한 사람이
어찌 빠져죽는 환난을 알겠는가.
큰 바다를 보지 못한 사람이
어찌 드센 풍파의 환난을 알겠는가.

(省心 · 上-8 · 공자)

노나라에 미생이란 선비가 있었는데 너무나 정직해서 한번 약속한 일이 있으면 절대로 어기는 법이 없었다.

어느 날 미생은 사랑하는 여인과 냇가에 있는 다리 밑에서 만나기로 했다. 약속 시간이 되어 미생은 언제나 만나던 다리 밑의 장소에서 기다렸지만 여인은 오지 않았다. 약속을 철석같이 믿고 있던 미생은 그 자리에서 한 발짝도 움직이지 않았다.

그런데 갑자기 상류에서 큰비가 내렸는지 냇물이 조금씩 불어나기 시작했다. 처음에는 발등을 적시더니 금방 무릎까지 차올라왔다.

시간이 지나자 물이 가슴께까지 차올라 미생은 다리 기둥을 붙잡고

매달려야 했다. 하지만 그 자리를 떠날 생각은 결코 하지 않았다. 그렇게 사랑하는 여인을 기다리던 미생은 결국 물에 빠져죽고 말았다.

이 미생의 이야기는 훗날 많은 사람들에 의해서 인용되었는데, 춘추시대의 유명한 도둑이었던 도척은 그를 일러 "이런 무리는 못박혀 죽은 개나 물에 떠내려가는 돼지나 깨진 그릇을 들고 있는 거지와 같이 쓸데없는 명분에 목숨을 걸고, 소중한 생명을 천하게 굴리는 사람으로, 진실로 삶의 길을 모르는 무리들이다"라고 조소했다.

하지만 전국시대의 유명한 유세가인 소진은 그를 두터운 신의를 가진 사람이라며 연나라 왕을 설득하기도 했다.

약속이란 중요하다. 그러나 미생과 같은 인물이 있었기에 융통성이란 면도 우리의 시선에 들어오는 것이다. 한 사람의 믿음이란 우물 안의 개구리처럼 좁은 구석이 있을 수 있다. 하지만 신의를 헌신짝처럼 버리는 요즘 세태에서 미생의 굳은 믿음은 하나의 모범이 될 수 있지 않을까.

누가 나무를 가꾸는가

나무를 잘 기르면 뿌리가 튼튼하고 가지와 잎이 무성하여
기둥과 대들보로 쓸 재목이 이루어진다.
물을 잘 관리하면 물의 근원이 왕성하고 흐름이 길어
관개의 이로움이 널리 베풀어진다. 사람을 잘 기르면
뜻과 기운이 크고 식견이 밝아져서 충성스럽고 의로운
선비가 나온다. 어찌 이와 같이 하지 않겠는가.

(省心 · 上-15 · 『경행록』)

매월당 김시습은 태어난 지 8개월 만에 글을 깨우쳤고, 세 살 때는 다음과 같은 시를 지을 정도였다.

복사꽃 붉고 버들잎 푸르니 3월이 저물어가는구나.
푸른 하늘에 꿰인 구슬은 솔잎에 맺힌 이슬이라네.

다섯 살때는 소문을 들은 재상 허조가 찾아와서 김시습의 자字를 부르면서 이렇게 시험을 해보았다.
"열경아, 나는 매우 늙었구나. 그러니 '늙었다(老)' 라는 글자로 시를

한 번 지어보거라."

그러자 어린 김시습은 거침없이 이렇게 읊었다.

　늙은 나무에 꽃이 피었으니 마음은 늙지 않았다.

이에 허조는 혀를 차며 탄복했다. 시도 시려니와 노인을 위로해주는 마음씀씀이가 참으로 다섯 살짜리 아이로 볼 수 없을 정도였기 때문이다.

허조로부터 이와 같은 이야기를 전해들은 세종대왕은 김시습을 궐안으로 불러들여 시험을 해보았다. 그리고 역시 그의 천재성을 확인하고는 마지막 시험으로 비단 몇 필을 하사했다. 그런데 조건이 혼자 힘으로 그 비단을 가져가야 한다는 것이었다. 그러자 김시습은 망설임없이 비단 끝을 허리에 묶고 의기양양하게 집으로 돌아갔다. 이를 본 사람들이 모두 찬탄해 마지않았다.

이후 김시습은 인재를 사랑하는 세종대왕의 후원과 부모님의 정성으로 착실하게 천재 수업을 쌓아갔다. 당대 석학으로 인정받던 김반과 윤상을 스승으로 모시고 성균관에 특례 입학하기까지 했다.

그런데 열다섯 살이 되었을 때 어머니가 갑작스레 세상을 떠났다. 그후 어머니 대신 자신을 맡은 외숙모마저 그뒤를 따랐으며 인생의 최대 후원자였던 세종대왕마저 승하했다. 또한 19세 때인 단종 1년에 치른 과거시험에서 그만 낙방하고 말았다.

정녕 천재의 말로는 불행한 것일까. 그후 세조가 조카인 단종의 왕위를 찬탈하고 마침내 목숨마저 빼앗자, 그의 미래는 완전히 끝이 났다. 자신을 알아주지 않는 세상, 폭압과 위선이 판을 치는 이 땅에서 김시습은 완전히 등을 돌리고 반 승려로, 반 미치광이로 세상을 조소하며 여생을 보냈다.

＊

매월당 김시습은 조선 왕조 오백년 이래 배출된 최고 천재 중의 한 사람으로 손꼽힌다. 훗날 역시 천재였던 율곡 선생이, 그를 자신의 전생이라 일컬었을 정도였다.

안타까운 것은, 오늘날 그의 체취를 느낄 수 있는 것은 일장춘몽 같은 삶을 노래한 『금오신화』를 비롯하여 시문 몇 편에 지나지 않다는 점이다. 그때까지 조선이란 나라가 김시습과 같은 천재를 포용할 만한 그릇이 되지 못했는지도 모른다.

아무리 좋은 품종의 나무라도 가지를 쳐주지 않으면 대들보로 쓸 수 있는 큰 나무가 되지 못하고, 아무리 풍부한 강물이라도 길을 잘 터주지 못하면 농사에 이바지할 수가 없다.

사람도 이와 같아서 아무리 똑똑한 어린이라도 어렸을 때부터 제대로 가르치지 못하면 한 나라 한 사회를 이끌어갈 동량이 되지 못한다.

불운한 천재 김시습은 그래도 괜찮은 편이었다. 최소한 그는 양반의 자식으로서 원하기만 했다면 음풍농월吟風弄月하며 살아갈 수 있었기 때문이다.

유교적인 관습에 매몰된 조선 사회에서 일반 상민이나 서얼들은 벼슬길에 나갈 수 없도록 제도화되어 있었다. 그리하여 수많은 인재들이 높은 학식을 가졌으면서도 뜻을 펴지 못하고 일생을 비분강개하며 보냈던 것이다. 그 대표적인 인물이 『홍길동전』을 쓴 허균의 스승 손곡 이달 같은 사람이다.

당시 허균은 이런 차별적인 사회를 근본적으로 없애기 위해 서자 출신들과 함께 혁명을 도모했다가 대역죄로 죽음을 당하기까지 했던 것이다.

그렇게 서슬 퍼렇던 계급 사회의 과정을 거쳐, 우리는 누구나 공부할 수 있고 누구나 공직에 나아갈 수 있는 민주주의 국가에서 살고 있다. 하지만 이제는 계급의 차별이 아니라 빈부의 차별이 등장하여 뜻 있는 사람들의 마음을 무겁게 하고 있다.

과거에 어떤 탈주범이 '유전무죄 무전유죄'를 부르짖기도 했거니와, 국민의 기본권인 교육에 있어서 균등한 기회가 주어지지 않는다면 실로 민주 국가라고 할 수 없을 것이다.

한 나라를 경영하는 데 있어서는 인재의 등용도 중요하지만, 인재를 키워내는 데 더욱 성심을 다하지 않으면 안 된다. 교육이 백년지대계라고 하는 것은, 그것이 한 나라의 앞날을 좌우하기 때문이 아니겠는가.

헛소문의 표적은 의심이다

(省心 · 上-20)

한나라 왕 유방은, 초패왕 항우가 반란군을 진압하는 틈을 타서 초나라의 도읍인 팽성을 빼앗았지만 곧 항우의 거센 공격을 받고 지리멸렬 패퇴하게 되었다.

마침내 군량미까지 바닥이 나서 더 이상 싸울 수 없는 처지에 이르자 유방은 항우에게 진나라의 수도였던 형양을 사이에 두고 휴전을 하자고 제안했다.

그러나 초나라의 노련한 군사 범증은 한나라의 상황을 감지하고 이 기회에 한나라군을 완전히 섬멸하자고 항우에게 재촉했다. 그리하여 초나라의 대군은 한나라군이 진을 치고 있던 형양성을 겹겹이 포위했다. 그때부터 양군은 긴 대치 상태에 들어가게 되었다.

위기에 빠진 유방은 초나라에 범증이라는 인물이 있는 한 이기기 힘들다고 보고 참모 진평에게 대책 마련을 요구했다. 그러자 진평은 첩자들을 풀어 초나라 군사들 사이에 범증이 유방과 내통하고 있다는 헛소문을 퍼뜨렸다.

발없는 말이 천리를 가는 법이라, 마침내 이 유언비어는 항우의 귀에까지 들어갔다. 본래 성미가 급하고 의심이 많았던 항우는 그때부터 범증을 경원시하게 되었다. 그리하여 하루빨리 공격을 개시하자는 범증의 의견을 무시하고 유방에게 강화 사신을 보냈다.

초나라의 사신이 성 안으로 들어서자 진평과 장량, 소하를 비롯한 모든 한나라의 중신들이 일제히 도열하여 정중히 사신을 맞이했다. 예기치 못한 적국의 환대에 사신은 정신을 차릴 수가 없을 지경이었다. 이때 사신을 온갖 산해진미가 차려진 연회장으로 안내한 진평이 아주 반갑다는 듯이 이렇게 물었다.

"요즘 우리 범증 군사께서는 잘 지내고 계시겠지요?"

이 말에 범증과 사이가 나빴던 항우의 사신이 퉁명스럽게 대답했다.

"나는 초패왕 전하가 보낸 사신이지, 범증 군사軍師가 보낸 사신이 아니오."

"아니, 그럼 당신은 범증 군사의 사신이 아니었단 말입니까?"

진평은 이렇게 깜짝 놀라는 체하면서 부하들을 시켜 준비해둔 산해진미를 물리고 형편없는 요리를 내오게 한 다음 총총히 그 자리를 떠나버렸다. 그와 함께 양국의 회담도 흐지부지되고 말았다.

이렇게 모욕을 당하고 돌아온 사신은 항우에게 나아가 한나라 신하들이 범증을 매우 가깝게 여기고 있더라고 보고했다. 이에 항우는 소문대로 범증이 유방과 내통하고 있다고 확신하고 그의 관직을 빼앗아버렸다.

범증은 이와 같은 꼴을 당하자 "아아, 천하의 대세가 이미 정해졌구나"라고 탄식하고는 길을 떠나 고향인 팽성으로 가다가 병에 걸려 세상을 떠나고 말았다.

유방의 명참모 진평의 교묘한 계책에 속아넘어간 항우는 타고난 의심 때문에 당대 최고의 책사인 범증을 잃었고, 그후 거의 수중에 들어왔던 천하까지 유방에게 빼앗겨버렸다.

한번 믿음을 준 사람은 끝까지 믿는 정성을 가져라. 주변의 근거없는 소문 때문에 의심을 품는다면 가장 소중한 친구까지도 잃게 된다.

이런 까닭에 『채근담』에서는 세상에 살아가면서 반드시 경계해야 할 다음의 네 가지를 말하고 있다.

첫째, 한쪽 말만 듣고 간사한 사람에게 속지 말라.
둘째, 자기 힘만을 믿고 만용을 부리지 말라.
셋째, 나의 장점으로 남의 단점을 드러내지 말라.
넷째, 나의 무능함으로 남의 유능함을 시기하지 말라.

남의 단점은 애써 덮어주고, 그가 완고한 사람이라면 깨우칠 때까지 잘 타일러야 한다. 만일 그가 말을 알아듣지 못한다고 해서 화를 낸다면 그것은 이미 설득이 아니라 울화다.

한편, 상대가 음흉한 사람이라면 결코 허심탄회하게 자신의 속내를 드러내서는 곤란하다. 그와 함께 흥분하여 부화뇌동하면 반드시 그 말 때문에 화를 피할 수 없게 될 것이다.

사람을 함부로 평가하지 말라

(省心 · 上-22 · 태공)

　삼국시대, 위왕 조조는 혼란기에 통일의 기틀을 다졌고, 아들과 함께 건안시대의 문학을 열었던 실로 다재다능한 인물이었다.

　그는 신하들을 거두고 물리칠 때에도 명명백백했고, 백성들을 다스릴 때에도 종종 가혹한 면이 있긴 했지만 나름의 법도에서 벗어나지 않았다.

　그는 한나라의 승상으로 촉나라와 오나라에 맞서면서도 농본주의자인 모개의 진언에 따라 병사를 모집할 때 농민 출신을 환영했고, 농업 진흥과 농민 보호에 역점을 둔 정책을 펼쳤다.

　한편, 전시에 병사들을 이끌고 진군을 할 때면 병사들로 하여금 밭을 밟는 일이 없도록 엄명을 내리고, 대장들은 반드시 말에서 내려 걷도록 했다. 이에 농민들이 조조에 대한 존경의 염을 품지 않을 수가 없었다.

언젠가 조조의 애마가 실수로 보리밭에 뛰어들어 수확을 앞둔 보리를 짓밟아버렸다. 이에 조조는 여러 장수를 불러놓고 이렇게 말했다.

"군율을 만든 자가 스스로 그것을 범한다면 병사들을 어찌 다스릴 수 있겠는가? 따라서 스스로 처벌하노라."

그리고는 보검을 뽑아 자신의 머리칼을 싹둑 잘라버린 다음 애마의 목을 단칼에 베어버렸다. 이에 모든 장수들과 병사들은 간담이 서늘해짐과 동시에 조조에 대한 존경심이 더욱 커졌다. 그 이후 군율을 어기는 병사들이 한 사람도 나오지 않았다고 한다.

일찍이 교현이란 사람은 젊은 날의 조조를 보고는 "천하는 장차 어지러워진다. 이런 때에는 큰 도량과 앞을 내다보는 힘을 가지고 있어야만 비로소 세상을 안정시킬 수 있는데, 그 사람은 오직 그대뿐이다"라고 평했다고 한다. 또한 허자장이라는 점술가는 그를 일러 "치세의 능신이요 난세의 간웅"이라고 표현했다.

『삼국지』를 쓴 진수 역시 조조를 일컬어 "비상한 사람으로 세상을 초월한 영걸"이라고 칭송했다. 하지만 경쟁자의 한 사람이었던 오나라의 주유는 "한나라의 재상이라 하지만 실은 한나라의 역적"이라고 비판했고, 『삼국지연의』를 쓴 송나라의 나관중은 조조를 "허약한 황제를 배경으로 천하를 도모했던 간교한 인물"로 평가절하했다.

❀

실로 역사 속의 한 사람에 대하여 이토록 선악이 불분명한 경우가 얼마나 있을까?

시대에 따라서 조조란 인물에 대한 평가는 천차만별이다. 현대에 들어와서는 어떠한가. 그는 인재를 키우고 조직을 경영하는 데 있어 최고의 모델로 손꼽힌다. 그는 실제로 사람의 가능성을 읽을 줄 알았던 영명한 지도자였던 것이다.

그의 신하 중에 곽가라는 총명한 인재가 있었는데, 그가 여색을 탐하여 문제가 되었다. 그를 처벌하라는 상소가 빗발쳤지만 조조는 그를 꾸짖기만 했을 뿐 벌을 주지는 않았다. 곽가에게 특출한 군사지략이 있음을 알고 장차 크게 쓰일 것이라 예측했던 것이다. 과연 곽가는 훗날 오환 정벌에서 위나라의 패전을 극적으로 뒤집는 대공을 세웠다.

조조는 또한 분쟁 해결에 있어서도 명쾌한 판단을 내렸다. 오나라와의 지루한 전쟁 중 '계륵'의 숨은 뜻을 알아챈 양수의 목을 벤 것은, 장남 조비와 삼남 조식의 왕권 분쟁을 미연에 방지한 선견지명이었다.

이런 조조에 대한 평가가 『삼국지연의』로 말미암아 악한의 이미지로 굳어진 것은 참으로 안타까운 일이다. 과거나 현재를 막론하고 무릇 강자는 약자들의 질시를 받게 마련인가 보다.

입에는 꿀, 뱃속에는 칼

(省心 · 上-30)

당나라 현종 때의 일이다. 말년에 양귀비의 미색에 빠져 정사를 도외시하던 현종은 자신에게 아첨을 일삼아 환심을 산 이임보를 마침내 일인지하 만인지상의 지위인 재상에 임명했다.

예로부터 소인이 권력을 쥐면 악귀보다도 무서운 법, 간신 이임보는 물이 고기를 만난 듯이 국정을 제멋대로 주무르기 시작했다.

마음에 들지 않는 중신들이 있으면 어떤 죄명을 씌워서라도 내치고야 말았다. 그의 성정이 어찌나 음흉하고 간교했던지 태자는 물론, 훗날 반란을 일으켰던 대장군 안록산까지도 두려워할 정도였다.

이렇게 해서 조정은 그의 수하들로 가득 채워졌고, 글을 읽어 등과

하려던 선비들은 아예 과거를 포기하기에 이르렀다. 하지만 현종은 결코 이임보의 본성을 알아차리지 못했다.

그는 교활하게도 자신이 싫어하는 선비를 거꾸로 현종에게 천거하여 벼슬을 내리게 하곤, 상대가 안심하는 기색을 보일 때쯤 해서 심복들로 하여금 모함을 하도록 하는 방법을 썼기 때문이다. 때문에 사람들은 그를 일러 이렇게 말했다.

"이임보의 입에는 꿀이 있고, 뱃속에는 칼이 들어 있다."

이런 간신들이 득세하여 국정을 농단하면서 백성들의 원망이 하늘을 찌르게 되었고, 마침내 태종으로부터 현종에 이르기까지 흥성했던 당나라의 운세가 혹독한 어둠 속으로 빠져들게 되었다.

❀

어떤 일에 대하여 이의를 제기하는 사람이 어쩌면 그런 문제를 일으킨 당사자일는지도 모른다. 간사한 사람의 마음은 헤아릴 수가 없어서 그 변화하는 바가 끝이 없다.

그러므로 함부로 사람의 달콤한 말에 미혹되어 행동해서는 안 된다. 직접 눈으로 보았다 해서 그것이 진실이라고 믿어서도 안 된다. 오로지 공공의 명확한 판단에 의거하여 행동해야만 하는 것이다.

조선 연산군 때의 대학자인 한훤당 김굉필 선생은 그의 『가범』에서 다음과 같이 말하고 있다.

너희들은 남을 공경하고 두려워하는 뜻을 가지고 감히 게을리 하는 일이 없도록 하라. 남들이 혹 나를 비방하는 일이 있더라도 절대로 서로 남의 나쁜 점을 드러내어 말하지 말라. 이는 마치 피를 물고 남에게 뿜으려 하면서 먼저 그 입을 더럽히는 것과 같은 것이니 마땅히 이를 경계하라.

곧 시시비비를 가릴 때에도 자신만의 이로움을 좇지 말며, 타인의 단점을 이용하여 공격하지 말고, 오로지 공평무사하게 임해야 한다는 뜻이다.

땅두릅나무는 아무리 커도 기둥이 못 된다

복이 있다고 하여 모두 다 누리지 말라.
그 복이 다하면 그 몸이 가난해진다.
권세가 있다고 하여 함부로 부리지 말라.
그 권세가 다하면 원수를 만나게 된다.
복이 있을 때 아껴두고 권세가 있을 때 공손하라.
사람이 살면서 교만하고 사치하면
시작은 있을지언정 끝이 없게 된다.

(省心 · 上-33)

조선시대, 김좌명이라는 관리의 집에 최술이라는 하인이 있었다. 상민이었지만 어렸을 때부터 그 어머니의 엄한 훈육 탓에 공부를 게을리 하지 않아 제법 글을 읽고 글씨에도 능하게 되었다.

평소에 그를 눈여겨본 김좌명이 호조판서가 되자 아전으로 임명하여 곁에 두었다. 그런데 하루는 최술의 어머니가 김좌명에게 찾아와 호소했다.

"대감마님, 제발 제 아들놈의 벼슬을 거두어주십시오."

이 말을 들은 김좌명은 고개를 갸웃했다. 상민으로서 아전 자리에 오른 것은 보기 드문 출세로 여겨지던 시대였기 때문이었다. 김좌명이 그 까닭을 묻자 최술의 어머니는 이렇게 말했다.

"제가 일찍이 지아비를 잃고 끼니를 거를 만큼 가난하면서도 자식 하나만을 믿고 살아왔습니다. 그런데 이번에 대감께서 제 아들이 영리하다 하여 중요한 직책을 맡기신 덕에 고깃국에 쌀밥을 먹게 되었지만 제 마음은 오히려 더 곤궁하게 되었습니다."

"그러면 더 잘된 일이지 어찌하여 더 곤궁하게 되었단 말인가?"

"제 아들은 예전에는 보리밥과 나물국도 투정하지 않고 맛있게 먹었습니다. 그런데 이번에 아전이 된 덕에 부잣집으로 장가를 갔습니다.

한데 이놈이 처가에서 밥상을 대하더니 국이 맛이 없다면서 다시 끓여오라며 물렸다고 합니다. 불과 몇 달 사이에 어려웠던 시절을 잊고 교만해졌으니 그 사람됨이 졸렬하기 그지없습니다.

제가 보기에는 훗날, 은혜를 베푼 대감마님께 반드시 누를 끼칠 것이고 마침내 죄를 지어 어미의 가슴에 대못을 박을 것이 분명합니다. 그러니 부디 제 아들놈을 내치시어 옛날처럼 모자가 다정하게 살도록 해주십시오."

이 말에 김좌명은 고개를 끄덕이며 말했다.

"한치도 어긋나지 않은 말이구먼. 하지만 최술은 재간도 있고, 글씨도 그만한 사람이 없어 대신할 사람이 없는데 어찌하겠나?"

"그렇다면 제 자식놈으로 하여금 집에서 글씨를 쓰게 하면서 쌀 말이나 보태주십시오. 그것이 제 아들을 살리고 저를 살리는 길입니다. 제발 부탁드립니다."

이런 간곡한 어머니의 말에 김좌명도 더 이상 어쩌지 못하고 최술을 집으로 되돌려보냈다.

시종일관 자신을 지켜나가는 사람이 되어야만 온전히 한몸을 지킬 수 있다. 역사를 펼쳐보면 삶이 용두사미로 기록된 사람들의 처참한 말로는 대부분 교만에서 비롯되었다는 것을 알 수 있다.

일본 속담에 "땅두릅나무가 아무리 커도 기둥이 못 된다"라는 말이 있다. 덩치만 크고 실속이 없다든지, 외모만 번지르르하고 쓸모가 없는 사람을 가리키는 말이다.

이와 같이 처음에는 단정하고 근면해서 큰 일을 도모할 만한 그릇으로 보이지만, 작은 성공에 도취하여 교만해지면 땅두릅나무처럼 바닥이나 화려하게 기어다니는 사람이 적지 않다. 그것은 그들의 목표가 그만큼 왜소하고 꿈이 자잘했기 때문이다. 또 젊은 나이에 성공을 이루어 과시하고 싶은 욕망을 자제하지 못했기 때문이다.

이렇듯 너무 일찍 원하는 것을 가질 수 있는 사람은 토머스 드라이어에 의하면 '지옥 속에서 사는 사람'이다.

재산을 통해서 행복을 얻건 권력이나 명성, 여자들, 혹은 그 모든 것을 통하여 행복을 얻든 간에, 그것으로부터 더 이상 희망이 보이지 않는다면 참으로 그의 미래는 무의미하다. 천국이란 우리가 어떤 목적을 부지런히 추구하면서 바라볼 수 있는 꿈의 나라이기 때문이다.

지금 나의 동반자는 누구인가

전한 말기 무제 때 마원이란 사람이 있었는데, 형제들은 모두 관직에 올랐으나 마원만이 홀로 초야에 묻혀서 큰 뜻을 펼 때를 기다리고 있었다.

그러던 중 마원은 잠시 관리가 되어 죄인을 도성으로 이송하는 일을 맡았다가 죄인의 딱한 이야기를 듣고 풀어주었다. 그리고는 책임 추궁이 두려워 북방으로 도망쳤다가 몇 년 뒤에 사면이 되었다는 소식을 듣고 돌아와 농사일에 열중하여 곧 큰 부자가 되었다.

그는 마음이 곧은데다 선행을 많이 해서 식객들이 집안에 가득했으며, 집 주변에는 그를 흠모하는 사람들이 찾아와 집을 짓고 사는 바람에 커다란 마을이 생겨났다.

바야흐로 왕망이 신나라를 세우자 그는 장안으로 가서 관리가 되었는데, 그의 소문을 들은 농서의 패주인 의효가 그를 청하여 장군으로 삼고 국사로 대우했다.

마침 촉땅에서는 공손술이 세력을 떨치고 있었는데 의효와의 연합을 제의해왔다. 공손술은 마원의 어릴 적 친구였다. 의효가 이를 알고 마원에게 공손술의 진의와 사람됨을 알아오도록 했다.

촉땅에 도달한 마원은 공손술이 반갑게 맞아주리라 생각하고 궁 안으로 들어갔다. 그런데 뜻밖에도 공손술은 그를 만나는 자리에 병사들을 도열시켜놓고 계단 위에서 거만한 태도로 그를 내려보면서 이렇게 말하는 것이었다.

"그대가 마원이구나. 내가 옛정을 생각하여 그대를 장군으로 대우할 테니 여기 머물면서 충성을 다하도록 하라."

이 말을 들은 마원은 어처구니가 없었다.

'아직 천하의 주인이 결정되지 않은 상태에서 현인들을 버선발로 모셔도 부족한데 어찌 저리 교만하단 말인가. 참으로 속이 좁은 놈이다.'

하지만 공손술이 억지로 잡아놓는 바람에 뜻과는 달리 그곳에서 잠시 머무를 수밖에 없었다. 얼마 후 기회를 틈타 마원은 촉땅을 빠져나와 의효에게 가서 이렇게 말했다.

"공손술은 우물 안의 개구리와 같은 인간입니다. 좁디좁은 촉땅에 있으면서 천하를 휘어잡은 양 큰소리를 치고 있으니 한심한 작자가 아닐 수 없습니다."

그 말을 들은 의효는 공손술과 다시는 상종하지 않았다고 한다. 훗날 마원은 의효의 사자로 장안으로 가서 왕망의 신나라를 무너뜨린 후한의 광무제를 만났다. 광무제는 그에게 이렇게 물었다.

"그대는 두 제후 사이에서 왔다갔다하는 것 같은데 무슨 까닭이라도 있는가?"

그러자 마원은 정중한 태도로 대답했다.

"지금은 군주가 신하를 택하기도 하지만 신하 또한 군주를 택하여 섬겨야 하는 시대입니다. 촉의 공손술은 하잘것없는 제가 두려워 병졸들을 도열시킨 졸장부였는데, 폐하께서는 호위병 하나 없이, 어쩌면 자객일지도 모르는 저를 만나주시니 몸둘 바를 모르겠습니다."

이 말을 들은 광무제는 껄껄 웃으면서 이렇게 말했다.

"사람의 깊이는 한번 보면 알게 되어 있소. 경은 자객이 아니라 논객일 것이오. 경과 같은 천하의 국사를 만나는 데 어찌 호위병들이 필요하겠소?"

이와 같은 광무제의 그릇에 감동한 마원은 그의 막하에 들어가 후한을 일으키는 데 큰 공을 세웠다.

❁

너 자신을 알라. 분수에 넘치지 않도록 하고, 근신하며 살아가야 한다. 스스로의 무지와 무력을 깨닫고 몸을 숙인다면 안분지족安分知足을 누릴 수 있다. 그러나 "순도 사람이요, 나 역시 사람이다"라고 말했던 맹자처럼 목표로 삼는 인물에 조금이라도 가까워지도록 노력하는 마음자세를 잃어서는 안 될 것이다.

위대한 사람은 단번에 높은 지위에 오른 것이 아니다. 경쟁자들이 밤에 단잠을 잘 때 홀로 깨어 괴로움을 견디며 노력했기 때문에 이루어진 것이다.

실로 인생이란 자고 쉬는 데 있는 것이 아니라 한 걸음 한 걸음 소처럼 전진하는 데 있다. 그렇게 다다른 성공의 집은 쉽게 무너지지 않으며 그간의 노고에 합당한 보상을 준다.

뜻을 세웠다면 스스로를 채찍질해야 함은 물론이다. 그리고 가는 길에 위험이 있다면 홀로 이겨내려 하지 말고 동행을 구해야 한다. 한 줌의 티끌이 모이면 마침내 태산을 이루는 것과 같다.

세상은 한 사람의 천재가 만들어가는 것이 결코 아니다. 수많은 보통 사람들의 힘이 어울려 나름의 독특한 공간을 형성해 가는 것이다.

그러므로 내 그릇이 작다면 작은 대로, 내 그릇이 크다면 큰 대로 다 쓸모가 있는 것이다. 그 중에서 나는 어떤 사람인가. 나의 동반자들은 어떤 인물들인가를 한 번 곰곰이 따져보는 시간을 갖도록 하자.

참나무는 참나무와 어울린다

(省心 · 上-40)

기원전 61년, 후한의 영명한 황제였던 성제의 뒤를 이어 등극한 애제는 우둔하기 짝이 없었다. 이 틈을 타 태후와 황태후의 집안사람인 부희와 정명 등이 대사마인 왕분을 내쫓고 정권을 장악했다.

정치를 이렇듯 외척의 손에 맡겨놓은 애제는 동현이라고 불리는 어린 시동들과 어울려 끝도 없는 향락에 빠져들었다. 이름 높은 선비 포선을 비롯하여 중신인 왕굉과 왕선, 정숭 등이 바른 정사를 펼 것을 간했으나 애제는 들은 척도 하지 않았다.

일찍이 정숭의 동생 정립은 부희와 친구였다. 그리하여 부희가 왕분을 내쫓고 대사마의 지위를 차지하자 친구의 형인 정숭을 천거해서

상서복사라는 고관으로 임명했다. 하지만 올곧았던 정승은 권력자인 부희에게 맹목적으로 충성하지 않았다. 그는 얼마 지나지 않아 애제에게 외척들의 전횡과 부패상을 알리고, 애제의 향락을 자제하라고 상소했던 것이다.

애제는 처음에는 정승의 직간에 귀를 기울이는 듯했지만 자신을 한심스럽게 여기는 듯한 정승의 상소가 점차 성가시고 귀찮게 여겨졌다. 그리하여 애제는 어느 날 생트집을 잡아 정승을 심하게 힐책했다. 자신의 진정한 충성심이 받아들여지지 않자 정승은 마침내 상심하여 병석에 누웠다.

이 틈을 타 일찍부터 정승을 시기하며 내쫓을 기회를 노리던 상서령 조창이 정승을 모함하는 상소를 올렸다.

"정승은 궐 밖에 있는 종족들과 내통하고 있으니, 불미스런 일이 발생하기 전에 조치를 취하십시오."

그러자 애제는 정승을 불러들여 이렇게 따져 물었다.

"너희 집 대문간은 마치 사람들이 시장바닥처럼 들끓고 있다는데 사실이냐?"

이에 정승은 당당한 태도로 답변했다.

"대문간이 아무리 시장바닥과 같이 들끓고 있다 해도 신의 마음은 물과 같이 고요하니 어찌 파도가 일겠습니까?"

하지만 이미 마음이 돌아선 애제는 그에게 죄를 뒤집어씌워 하옥시켜버렸다. 그때 사예 벼슬을 하고 있던 손보가 즉각 간신 조창의 무고를 공격하고, 정승의 석방을 탄원했지만 어리석은 황제는 오히려 손보를 파면시켜버렸다. 결국 정승은 옥중에서 목숨을 잃고 말았다.

이때부터 거칠 것이 없어진 외척과 환관들이 정사를 좌지우지하게 되었고, 이에 따라 후한은 국력이 급격히 쇠퇴하여 변방이 어지럽게 되니, 백성들 또한 도탄에 빠져들었다.

❀

청렴결백한 사람에게는 명예와 신의가 있기에 선비들이 몰려들고, 용맹스런 장수에게는 용기와 힘이 있으므로 호걸들이 찾아가는 것은 당연한 일이다.

그리고 재산으로서의 빈부는 세태와 영합한다. 그러므로 부유한 집에 사람들이 들끓고, 가난한 사람의 집 마당에 참새들만 우글거리게 된다.

하지만 이것으로 세상 사람들의 간사함을 비난할 수는 없을 것 같다. 다만 사람들이 뱃속의 공복을 메우기 위해 애쓰면서도 지혜로움의 공복을 메우기 위해 스승을 찾는 이가 드물기에 안타까운 것이다. 그리하여 다음과 같은 장자의 탄식이 가슴에 스며든다.

사람마다 유용한 쓸모만 알고 무용의 쓸모를 모른다.

이것은 사람들이, 나무가 땔감이나 목재로 유용한 것은 알지만 그 나무가 이루고 있는 숲의 유용함을 모르는 것과 같다. 사람도 이와 같아서, 그의 가치는 죽을 때 남긴 재산이 아니라 선행의 업적에 따라 평가되는 것이다.

청빈한 삶이야말로…

청빈하기로 소문이 자자했던 대제학 김유는 한양의 죽동에서 살았는데 거처하는 사랑채의 규모가 작은 방 한 칸과 마루 한 칸뿐이었다. 때문에 밤늦게 손님이 찾아오면 여러 아들이 방에서 자지 못하고 처마밑에 자리를 펴고 누워 잠을 자기 일쑤였다.

그가 어명을 받아 한동안 평안감사로 나갔을 때 사랑채가 오래되어 무너질 것만 같아 걱정이 된 아들이 아버지에게 편지를 보내 사랑채를 다시 짓겠다고 청했지만 김유는 허락하지 않았다.

마침내 여름장마로 사랑채가 허물어져버렸다는 전갈을 받자 김유는 비로소 개축을 허락했지만 옛날과 한치도 다름 없이 지으라고 신신당부했다.

아버지의 당부를 감히 어길 수 없었던 아들은 꾀를 내어 사랑채의 모양은 똑같이 했지만 사방으로 처마를 따라 방을 조금씩 넓혔다.

얼마 후 임기가 끝나 집에 돌아온 김유는 사랑채의 모양이 어딘가 이상하여 아들에게 물었다.

"어찌 처마끝이 전과 다른 것 같다."

아들이 우물쭈물 말을 하지 못하자 곁에 있던 조카가 냉큼 대답했다.

"예전에도 방 한 칸 마루 한 칸이었는데, 지금도 마찬가지가 아닙니까?"

그러자 김유는 고개를 갸웃거리며 중얼거렸다.

"그렇군. 한데 내 눈에는 왜 이렇게 넓어 보이는 걸까?"

며칠 뒤 조카가 찾아가자 김유는 웃으면서 이렇게 말했다.

"이제야 내가 자네에게 속은 걸 알았네."

현명한 이가 큰 재물을 가지면 그 뜻을 해치고, 어리석은 이가 큰 재물을 가지면 그 허물을 더할 뿐이다.

『소학』「외편」에 나오는 이 말은 선비로서 재물에 연연하게 되면 공부를 소홀하게 된다는 경계다. 이런 까닭에 우리나라의 올곧은 선비들은 학식과 인덕을 높이려 했을지언정 지위나 부에 집착하지 않았다.

『열하일기』를 보면 이와 같은 청빈을 몸소 실천했던 연암 박지원 선생의 누추하고 궁벽한 생활상이 눈에 짙게 들어온다.

집을 지키던 계집종마저 달아나고……, 집안에 아내가 있으면서도 나그네나 중 신세이지만 마음은 더없이 편안하다. 책을 보다가 잠이 오면 자는데 깨워줄 이가 없어 하루종일 잘 때가 있다. 그러다 보면 사흘을 굶기도 한다.

이런 옛 선비들의 청빈함은 곧 공명정대함과 상통한다. 자신이 거리낄 것이 없으므로, 어떤 문제에 임하더라도 다른 사람의 눈치를 보지 않고 소신껏 자신의 의견을 피력할 수 있게 되는 것이다.

물론 이처럼 올곧은 자신을 유지하려면 타고난 본능을 억제하고 욕망을 참아내는 의지가 필요하다. "자유는 고되지만 노예는 편하다"라는 말처럼 우리네 조상들은, 청빈한 삶이야말로 스스로의 정신적인 만족을 누리기 위한 전제 조건임을 의심치 않았던 것이다.

나무는 새를 가리지 않는다

(省心 · 上-46 · 순자)

공자가 위나라에 머물고 있을 때 제후인 공문자가 대숙이란 땅을 빼앗기로 마음먹고 그를 찾아와 도움을 청했다.

"이제 제가 군사를 일으켜 대숙땅을 치려 합니다. 그러니 선생께서 병법에 대하여 조언을 좀 해주십시오."

그러자 공자는 고개를 저으며 대답했다.

"저는 제사 지내는 일이야 잘 알지만 병법에 대해서는 문외한이라 도움을 드릴 수 없습니다."

이에 공문자가 실망스런 표정으로 돌아가자 공자는 주위의 제자들을 독촉하여 재빨리 위나라를 떠날 준비를 했다. 제자들이 의아하게 생각하고 그 까닭을 묻자 공자는 이렇게 말했다.

"새가 좋은 나무를 가려서 찾아들어야지, 어찌 나무가 새를 가려서 맞이하겠느냐?"

이윽고 공자가 위나라 땅에서 물러가려 한다는 소문을 들은 공문자가 다시 찾아와 자신의 경솔함을 사과하면서 좀더 머물러달라고 청했다. 하지만 공자 일행은 뒤도 돌아보지 않고 노나라로 돌아가버렸다.

친구에 대하여 시기하지 말라. 또 시기심 많은 친구와는 사귀지 말라. 우정이란 성원하고 충고해주는 관계이지, 탐내고 질투하는 관계가 아니다.

달걀처럼 겉은 단단하지만 속은 연약한 것이 우정이라는 보물이다. 어느 한쪽에서 지나치게 무거운 짐을 지워주면 깨어지기 쉬운 것이다.

시기와 관용으로 맺어진 우정은 공작처럼 화려하게 보이지만 기실 소경과 거지의 관계와 같다. 그 둘은 서로에게 아무것도 줄 수 없다. 단지 자신들의 소중한 시간만을 낭비할 뿐이다.

때문에 이기적이고 허황된 꿈을 가진 친구와의 결별은 자신에게 있어 이익이며 성장이라고 해도 틀린 말이 아니다. 그것은 정부와의 인연을 끊어버리면 비로소 소중한 연인이 눈에 띄는 것과 마찬가지다.

진실한 우정이란 실로 성장이 더딘 식물과 같다. 그것을 완성하기 위해서는 수많은 오해와 의심의 강을 건너야만 한다.

진짜 열매와 구분하지 못할 정도로 완벽한 가짜 열매를 만드는 어느 여류 조각가가 있었다. 하지만 평론가들은 그녀가 만든 열매의 모양이나 색깔 등을 꼬집으며 불완전한 작품이라고 공격하곤 했다.

어느 날 평론가들은 여느 때와 마찬가지로 그녀가 테이블 위에 놓아둔 열매들이 잘못 만들어졌다고 비난했다. 그 중에서도 사과 하나는 졸작 중의 졸작이라고 손가락질했다.

이와 같은 사람들의 소란스런 평가가 끝났을 때 그녀는 그 졸작을 집어든 다음 절반으로 쪼갰다. 그리고 한쪽을 들고 먹기 시작했다. 그것은 진짜 사과였다.

인간은 참으로 편협스런 동물이다. 하지만 각자의 단점을 완전하게 극복한 인간이란 존재하지 않는다. 그러므로 단점이 없는 친구를 원하는 사람은 친구가 없는 사람이다. 진짜 우정이란 친구의 단점까지도 이해해주는 사랑의 관계이기 때문이다.

자식 키우기를 곡식 가꾸듯이

（省心·上-49）

조선 중엽, 선비인 조경이 은퇴한 재상의 집에 인사를 하러 갔다. 그런데 사랑방 안으로 들어가니 희한한 광경이 벌어지고 있었다.

사랑방에는 나이 든 관리가 먼저 와서 앉아 있었는데 대여섯 살 됐음직한 집주인의 손자가 버릇없이 그 관리에게 손가락질하며 욕설을 해대는 것이었다. 한데 집주인은 그런 손자가 귀엽다는 듯이 또 다른 욕을 해보라고 부추기며 웃고 있었다.

이에 조경이 자리에서 벌떡 일어서서 주인에게 소리쳤다.

"아니, 대감. 어찌 어린 손자를 이렇게 가르치십니까?"

하지만 주인은 아무렇지도 않다는 듯이 대답했다.

"어린아이의 재롱인데 어떤가? 그저 웃어넘기면 될 일이 아닌가?"

그러자 조경은 안색을 찌푸리며 이렇게 호통을 쳤다.

"아무리 어린아이라 할지라도 잘못된 일이 있으면 회초리를 쳐서 바로잡는 것이 선비의 도리인데, 지금 오히려 어른을 모욕하는 것을 사랑스럽게 여기니, 이 아이 생각에 이미, 늙은이에게도 버릇없이 굴어도 괜찮다고 여겨지면 다음에는 형에게도 그러할 것이고, 또 아버지에게 그러할 것이며, 마침내 임금에게도 그러할 수 있다고 생각할 것입니다. 어찌 그 끝이 역모에 이르러 집안을 망치지 않겠습니까?"

그러고는 문을 박차고 조경이 밖으로 나가버리니 주인이 부끄러워 몸둘 바를 몰라했다.

❖

어버이가 아들딸을 대하는 관계는 농부가 좋은 곡식을 대하는 것과 같다. 농부가 곡식을 잘 길러서 좋은 결과를 얻지 못하면 마침내 굶주리는 환난을 당하게 되고, 어버이가 아들딸을 잘 가르쳐 훌륭한 인재를 만들지 못하면 마침내 외롭고 위험한 재앙을 불러오게 될 것이다.

조선 세종 때 명신 강희맹의 자녀 교육에 대한 교훈이다.

이는 곧 농부가 땅을 갈고 퇴비를 만들며 김을 잘 매어 옥토를 만드는 방법과 어버이가 자녀를 가르치고 훈계하며 인도하여 모든 일에 성실하게 힘쓰는 것이 다르지 않다는 뜻이다.

농사가 천하의 커다란 근본일진대 교육 역시 한 나라의 백년대계가 아니겠는가. 이와 같이 어렸을 때 몸과 마음의 토대를 세워두지 않는 사람의 미래는 어두울 수밖에 없다.

일찍이 워털루의 전투에서 막강한 나폴레옹의 대군을 격파했던 영국의 웰링턴 장군은 "워털루의 승리는 이튼의 운동장에서 비롯되었다"라는 말을 남겼다. 곧 영국의 젊은이들이 이튼 학교에서 심신의 기초를 튼튼하게 닦은 것이 오늘날 승리의 발판이 되었다는 뜻이다.

현명한 사람은 어부에게 물고기를 잡는 법을 가르치지 않고 물고기를 키우는 법을 가르친다고 한다. 그와 같은 교훈처럼 우리도 미래를 짊어질 아이들에게 보다 넓고 깊은 세계를 보여주어야 할 것이다.

우물 안의 개구리는 강물의 흐름과 바다의 넓음을 알지 못한다. 아이들은 어른을 보고 배운다. 오늘을 살아가는 우리가, 사랑하는 아이들에게 보여줄 수 있는 것은 과연 무엇일까?

부지런한 손이 열매를 따게 마련

꽃은 지었다 피고 피었다가 또 진다.
비단옷도 입었다가 삼베옷으로 바꾸어 입는다.
호화로운 집이라 해서 언제나 부귀를 누리지 못하며,
가난한 집이라고 해서 영원히 적막하지 않다.
사람을 받쳐주어도 하늘에 오르지 못하며,
사람을 떠밀어도 반드시 깊은 구렁에 굴러떨어지지 않는다.
그대에게 권하노니, 무릇 일에 있어 결코 하늘을 원망하지 말라.
하늘은 누구에게 더 주거나 덜 주고 하지 않는다.

(省心 · 上-52)

박서린이란 선비가 임금에게 직간을 했다가 미움을 사서 귀양을 가다가 현재의 충주시 내덕동의 험한 고갯마루에 있는 역관에서 하루를 머물게 되었다. 이튿날 아침, 서린은 떠나기 전에 그곳 찰방에게 밤 몇 톨을 꺼내 주면서 이렇게 말했다.

"이 밤을 고개 위에 심어놓으시오. 밤나무가 자라 꽃이 필 무렵이면 내가 귀양에서 풀려날 것이외다."

과연 몇 년 뒤 밤나무가 자라 꽃이 피자 박서린은 귀양에서 풀려났다고 한다. 그후 이 고개에서 딴 밤맛이 유명해져서 궁중의 진상품으로 애용되기까지 했으므로 그때부터 그 고개를 밤고개[栗峴]라 불렀다.

영조 때, 조원의란 선비가 또한 임금에게 바른말을 했다가 노여움을 사서 보은땅에 유배를 당하게 되었다. 그런데 영조는 그가 어찌나 미웠던지 귀양처로 그를 호송하던 금부도사를 은밀히 불러 "율재역을 지나면 조원의의 목을 베어버려라"고 명했다.

한양땅을 떠나 긴 노정 끝에 함거가 율재역에 당도하자 지친 조원의는 금부도사에게 제발 이곳에서 하룻밤만 쉬어가자고 청했다. 하지만 왕의 밀명을 받은 금부도사는 야멸차게 거절했다.

드디어 금부도사의 재촉으로 함거가 움직이려는데 율재역의 한 역졸이 삶은 밤을 가져와서 호송 관리들에게 권하는 것이었다.

금부도사와 관원들이 그 밤을 먹어보니 맛이 너무나 좋아 양껏 먹었는데 그만 날이 저물어버렸다. 그리하여 어쩔 수 없이 모두 역관에서 하룻밤을 머물게 되었다.

이튿날 아침, 귀양 행렬이 막 율재역을 떠나려는 순간 죄인의 누명이 벗겨졌으니 풀어주라는 파발이 급히 도착했다. 밤고개의 밤맛이 억울하게 죽을 뻔한 곧은 선비의 목숨을 극적으로 구해냈던 것이다.

부귀와 빈천은 한 군데 머물러 있는 것이 아니다. 그러므로 부유하다고 해서 뽐내지 말고, 가난하다고 해서 하늘을 원망하며 손을 놓고 있어서는 안 된다.

부지런한 손이 열매를 따게 마련이다. 하지만 자기 분수를 지키지 못하면 그 노력은 졸지에 물거품처럼 사라지기 쉽다. 있다고 하여 일하지 않고 마음껏 쓰기에 열중한다면 아무리 가득한 곳간이라도 비지 않을 도리가 없는 것이다.

일찍이 삼국통일을 이루었던 신라의 문무왕이 도읍을 옮길 마음으로 국사인 의상대사에게 가르침을 청하자 대사는 이렇게 충고했다.

비록 시골의 초가집에서 살더라도 올바른 일을 행하면 복된 일이 오래가고, 그렇게 하지 않으면 비록 수고롭게 성을 쌓더라도 이로울 것이 없습니다.

큰 성을 쌓아 억지로 권위를 도모하는 것은 천명에 따라 선행을 하는 것만 못하다는 말이다.

하늘은 공평무사해서 사람으로 하여금 뿌린 대로 거두도록 한다. 그러므로 준비하고 실천하는 적극적인 삶을 살아갈 때 환난도 비켜가고 가난한 가운데서도 웃음꽃이 피어나게 마련이다.

욕심이란 끓는 물에 뿌려진 눈

(省心 · 上-53)

홍의장군으로 알려진 조선 선조 때의 의병장 곽재우는 황해도 관찰사를 지낸 곽월의 아들로, 어렸을 때부터 학문에 힘썼을 뿐 벼슬에는 뜻을 두지 않았다.

임진왜란이 일어나 선조가 평양을 거쳐 의주로 쫓겨가자 가산을 털어 장사壯士들을 모은 다음 의령에서 의병을 일으켜 왜군과 맞섰다.

그가 이끄는 의병들이 어찌나 신출귀몰하고 용맹스러웠던지 왜병들은 선두에 선 붉은 옷의 곽재우를 보면 겁을 먹고 도망치기에 바빴다. 그리하여 그는 열 번 싸워 열 번 이길 정도로 왜군들을 세차게 괴롭혔다.

　이런 빛나는 전공에도 불구하고 곽재우는 조정의 시기하는 무리들에 의해 위기에 빠졌다. 당시 의병장 김덕령 같은 사람조차 큰 공을 세웠음에도 불구하고 간신배들의 모함으로 억울한 죽음을 당하기까지 했던 것이다. 곽재우는 다행히 지인인 김성일의 지략으로 겨우 위기를 넘길 수 있었다.

　정유재란 때도 나라 안의 여러 고을이 왜군의 말발굽에 짓밟혔지만 그는 끝까지 성을 지켜냈다. 마침내 참혹한 전쟁이 끝나고 평화가 찾아오자 곽재우는 임금이 내린 벼슬을 마다하고 고향에 내려갔으니, 그것은 토사구팽을 피하려는 선비의 심모원려였다.

　"사나운 호랑이가 산 속에 있으면 위엄을 떨치지만, 들에 내려와 있으면 겁을 낸다."

　곽재우가 남긴 이 말은 자신처럼 싸움만 잘하는 사람은 평화로운 시대에는 아무런 쓸모가 없다는 겸양의 뜻을 담고 있다. 그것은 일면 전쟁 영웅으로서 조정에 들어서면 간신배들의 표적이 될까 염려하는 마음에 스스로 몸을 낮춘 것이다.

❖

　정당하게 살지 못하고 사기나 협잡으로 생계를 이어가는 사람들의 종말은 더럽고 추하다. 향기 없는 꽃에는 벌과 나비가 날아들지 않는다.

　자신만의 독특한 향기를 가꾸며 살라. 시보다 아름다운 수필집이라는 고전 『유몽영幽夢影』에는 다음과 같은 시가 담겨 있다.

검은 것이나 흰 것은 더불어 사귈 수 있으나
검은 것은 능히 흰 것을 더럽히고
흰 것은 능히 검은 것을 감추지 못한다.
향기와 악취는 더불어 섞일 수 있으나
악취는 능히 향기를 이기고
향기는 능히 악취와 겨루지 못한다.
이는 군자와 소인이 서로 싸우는 형세와 마찬가지다.

세상 사람들이 살아가는 모양을 가만히 살펴보면 종종 잘못된 주장이 바른 주장을 누르고 악한 자가 선한 사람을 짓누르는 꼴을 볼 수 있다.

그것은 마치 먹구름이 밝은 빛을 가리고 더러운 욕망이 맑은 순수를 덮는 모양이 아닐 수 없다. 우리는 이런 모습을 물욕에 눈이 먼 소인과 올바름을 지향하는 군자와의 겨룸에서 쉽게 발견할 수 있다.

교활한 소인배들은 여론에 개의치 않는 뻔뻔스러움으로 갖은 분쟁을 만들어내고 그 안에서 이득을 챙겨간다. 이런 흙탕물 속에 군자가 자칫 뛰어들게 되면 아무리 정의롭고 순수한 마음으로 임해도 결국에는 환멸과 후회만을 갈무리하며 돌아서고 말게 된다.

이런 까닭에 사임당 신씨는 일찍이 사랑하는 아들 율곡에게 '까마귀 노는 골에 백로야 가지 마라'는 시로써 소인배들을 멀리하라는 가르침을 주었던 것이다.

지금 나를 이끌고 밀어주는 사람은

조선시대, 윤승훈이 정승의 자리에 있을 때 그의 맏아들 윤황은 수찬이란 벼슬에 이르렀는데도, 둘째아들 윤숙은 공부하기를 게을리 하고 방탕한 생활을 했다.

이를 염려한 아버지는 틈만 나면 둘째아들을 꾸짖으며 공부를 하라고 다그쳤다. 하지만 타고난 천성인지는 몰라도 윤숙은 친구들과 어울려다니며 한량짓을 하기에 바빴다. 애가 탄 윤정승은 어느 날 둘째아들의 하인을 불러 물었다.

"요즘 저 녀석이 누구와 어울리느냐?"

"예, 대감께서 집을 비우셨을 때면 꼭 사랑채에서 내금위에 있는 구인구란 분과 만나십니다."

이 말을 들은 윤정승은 다음날 하인과 짜고 외출하는 척하고 나갔다가 몰래 집 안으로 들어와 아들과 친구가 하는 꼴을 엿보았다.

그때 두 사람은 사랑방에 목침을 베고 누워서 대화를 나누고 있었는데, 구인구가 윤숙에게 이렇게 물었다.

"요즘 기생 홍월이와 잘 되고 있는가?"

그러자 윤숙은 시큰둥한 목소리로 대답했다.

"그것이 수청드는데 은 백냥을 달라고 하네. 내가 그런 돈이 어디에 있겠나? 나 참, 세월이 하수상하이."

"허어, 사내 대장부가 그깟 은 백냥 때문에 뜻한 바를 도모하지 못한다니 말이 되나. 내게 마침 그만한 돈이 있으니 염려 말게."

말이 끝나기가 무섭게 구인구는 곧 자기 하인을 집에 보내 은 백냥을 가져다 윤숙에게 주는 것이었다. 이런 광경을 숨어서 지켜보던 윤정승은 이렇게 탄식했다.

"내가 벼슬이 정승에 오르고, 이 나이가 먹도록 은 백냥을 성큼 내어주는 친구가 없었는데, 저 녀석은 이미 저런 친구를 사귀었으니 내가 어쩌지 못하겠구나."

과연 그처럼 믿을 만한 친구를 두었던 윤숙은 훗날 무과에 급제하여 병조참판에까지 이르렀다. 또한 친구의 간절한 소원을 선뜻 이루게 해주었던 구인구는 능천부원군의 지위에 올랐다.

사람의 됨됨이를 쉽게 알 수 있는 방법은 제일 먼저 그 사람의 주변 인물을 관찰함으로써 알 수 있다. 역사를 돌아보라. 백이 곁에 숙제가 있고, 성삼문 곁에 박팽년이 있었다. 백아에게는 종자기가 있었으며, 한명회 곁에는 신숙주가 있지 않았던가.

그러므로 현재의 친구는 곧 당신의 현재를 대변해준다. 당신은 어떤 사람인가. 그리고 지금 당신 곁에 있는 사람은 누구인가. 선인들은 친구로서 삼가할 무리들에 대해 다음과 같이 말해주고 있다.

성미가 급한 사람은 타오르는 불길 같아서 당하는 것마다 태워버리고, 덕이 적은 사람은 싸늘한 얼음 같아서 닥치는 것마다 죽여버린다. 고집스런 사람은 죽은 물, 썩은 나무와 같아서 생생한 활동을 끊으니, 이와 같은 벗들은 나로 하여금 공을 세우고 복을 늘리기 어렵게 한다.

성미가 급한 사람은 어떤 일에 닥치면 조급함 때문에 그르치기 쉽고, 너무 신중한 사람은 닥치는 일마다 심사숙고하다가 때를 놓치기 쉽다. 또 융통성이 없는 사람은 변화를 두려워하여 상황에 맞는 판단을 놓치기 일쑤다.

이러한 이상 성격들이 주변에 있으면 한 사람이 뜻한 바를 이루는 데 가장 큰 장애물이 된다는 것이다.

친구는 나를 이끌고 밀어주는 사람이다. 그런데 나를 허튼 길로 인도하고, 위험할 때 도망치는 사람이라면 차라리 없느니만 못하다.

좋은 친구와 함께 뛰고 걸으며 꿈을 이루어가라. 충고는 날카로운

밤송이처럼 하고 칭찬은 청주처럼 담담하게 권하도록 하라. 그리하
여 서로의 이름을 부끄럽지 않도록 하는 관계, 그것이 바로 참된 우
정이다.

한순간의 안락을 좇는다면…

봄비가 기름 같으나 사람은 그 진창을 싫어하고,
가을달이 매우 밝지만 도둑질하는 자는 그 밝음을 미워한다.
(省心 · 下-6 · 허경종)

진나라의 양설자가 조정에서 쫓겨난 뒤 삼실이라는 시골의 작은 마을로 이사를 했다. 마을 사람들은 후덕하고 지혜로운 그를 반갑게 맞이하고 공경해 마지않았다.

어느 날 삼실 마을에, 무리에서 낙오된 양 한 마리가 잘못 들어왔다. 마을 사람들이 그 양을 잡은 다음 양설자에게 고기를 보냈다. 이에 양설자는 훔친 고기라 하여 받지 않으려 했다. 그런데 곁에 있던 부인 숙희가 이렇게 충고했다.

"당신은 진나라에서 받아들이지 않아 이 작은 마을에 들어왔습니다. 그런데 지금 이 고기를 부정하다 하여 받지 않는다면 이 마을 사람들까지도 당신을 용납하지 않을 것입니다. 당신에 대한 사람들의 정성이라 생각하시고 받으십시오."

양설자는 부인의 말이 이치에 틀리지 않음을 알고 그 고기를 받았다. 그리고 아내에게 이렇게 말했다.

"기왕 얻은 고기이니 삶아서 아이들에게 먹이시오."

그런데 숙희는 아까와는 달리 고개를 저으며 이렇게 말하는 것이었다.

"안 됩니다. 우리 아이들에게 의롭지 않은 고기를 먹일 수는 없습니다. 마을 사람들 때문에 어쩔 수 없이 당신으로 하여금 받으라 했지만, 이제 그것은 고기를 묻어두고 먹지 않았다는 것을 밝히는 것만 못한 일입니다."

말을 마친 후 숙희는 고기를 독 속에 담아 아궁이 가장자리에 묻어두었다.

얼마 후 마을 사람들이 남의 양을 함부로 잡아먹었다는 소문이 널리 퍼졌다. 그러자 도성의 관리들이 범인을 잡기 위해 삼실 마을에 왔다. 수사 결과 양설자도 고기를 나누어 먹은 일당으로 지목되었다.

마침내 관리들이 양설자를 체포하기 위해 집에 찾아오자 양설자가 말했다.

"나는 어쩔 수 없이 그 고기를 받기는 했지만 먹지는 않았습니다."

그리고 아궁이 옆의 독을 꺼내 열어 보이니 그 안에 있던 고기는 이미 다 썩어 없어지고 뼈만 남아 있었다. 이를 본 관리는 비로소 그에게 죄가 없다는 것을 알고 돌아갔다. 참으로 부인 숙희의 선견지명이 양설자를 살린 것이었다.

자식이 태어나면 어미가 위태롭고, 돈이 쌓이면 도둑이 엿보니 어떠한 기쁨이라도 근심이 아니겠는가.

가난은 비용을 아끼게 하고 병은 몸을 보전하게 하는 것이니 어느 근심인들 기쁨이 아니겠는가.

그러므로 통달한 사람은 마땅히 순경과 역경을 같이 보아 기쁨과 근심을 모두 잊느니라.

이와 같은 옛사람의 탄식처럼 모든 일에는 동전의 양면 같은 선악이 있다. 그 법칙을 눈여겨보고 깨우쳐야만 한다. 살아가노라면 기쁨도 있고 근심도 있다. 그러니 작은 성패에 흔들리지 말도록 하자.

그저 무심하게 세월을 보내라는 뜻이 아니다. 기쁠 때 기뻐하고 슬플 때 슬퍼하는 것은 인지상정이다. 단지 한순간의 환희에 매몰되지 말고 내일을 생각하며 더 큰 삶의 경지를 일궈나가는 사람이 되라는 뜻이다.

악인에게는 악으로 대한다?

(省心 · 下-7 · 『경행록』)

고려 충렬왕 때의 주열이란 사람은 매우 강직한 인물이었다. 불의를 보면 참지 못했고 속좁은 인간을 보면 그가 아무리 높은 벼슬자리에 있다 해도 결코 머리를 숙이지 않았다.

하루는 그가 하급관리로 일하고 있는 관청에 탐관오리로 알려진 재상이 찾아와 청탁을 했다. 그러자 주열은 고개를 꼿꼿이 세우고 재상의 얼굴을 바라보면서 그 일의 부당성을 낱낱이 지적했다.

그러자 재상은 몹시 자존심이 상해서 얼굴이 불그락푸르락했다. 부탁을 거절하는 자체도 그러하려니와 일개 하급관리로서 자신을 대하는 태도가 오만방자하기 그지없었던 것이다. 그때 재상을 따라온 한 시종이 주인의 화난 기색을 눈치채고 재빨리 이렇게 소리쳤다.

"참으로 무엄하구나. 그대는 하급관리로서 재상의 말을 들을 때에는 마땅히 땅에 엎드려 경청하고 실행해야 하는 것이다. 지금 그대의 태도는 너무 무례하지 않은가?"

그러자 주열은 거친 말투로 이렇게 비아냥거렸다.

"조정의 관리들이 재상의 말을 듣기 위해서 모두 땅에 엎드려야 한다면, 임금께서 말씀하실 때는 모두 땅을 파고 들어가야겠군요?"

실로 소인배를 대하는 대장부의 기개를 보여주는 일화가 아닐 수 없다.

사실 선인에게는 선하게, 악인에게는 악으로 대하는 것이 올바른 도리는 아니다. 하지만 선인에게 무례하고 악인에게 아첨하는 세태 속에서 이런 대장부의 거침없는 태도야말로 뭇 사람들의 마음을 시원하게 정화시켜주는 것이다.

일찍이 공자는 이와 같이 서민의 지팡이가 되어주는 군자의 역할에 대하여 다음과 같이 말했다.

나는 외양은 그럴듯하면서 실상은 다른 것들을 미워한다. 가라지(밭에 난 강아지풀)를 미워하는 것은 싹과 닮아 그것이 싹인지 아닌지를 구별하는 데 혼란을 주기 때문이요, 말재주가 있는 사람을 미워하는 것은 교묘한 말로 의를 혼란시킬까를 걱정하는 까닭이다.

말을 많이 하되 성실하지 못한 사람을 미워하는 것은 그가 사람들의 신용을 어지럽힐까를 걱정하는 까닭이다.

또 정나라 음악을 미워하는 것은 바른 음악을 해칠까 두려워해서이고, 향원을 미워하는 것은 진정 덕을 혼란케 할까 걱정스럽기 때문이다.

군자는 언제나 변치 않는 떳떳한 도리로 돌아갈 뿐이니, 그 고정불변의 도의가 바르다면 서민은 선한 일로써 흥하게 되고, 서민이 선한 일을 하는 데 적극적으로 나선다면 이에 간사하고 사특한 무리들이 사라질 것이다.

이 세상에는 군자를 흉내내는 사이비들이 너무나도 많다. 그들은 교묘한 말솜씨로 예절을 어지럽히고, 추잡한 음악으로 청소년들을 타락에 젖게 한다.

이런 이유 외에도 우리가 더욱 미워하고 축출해야 하는 까닭은 그것들이 진실로 바르고 아름다운 사람들까지도 의심스럽게 만드는 까닭이다. 바른 의식을 갖고 있는 사람이라면 마땅히 이런 사이비들을 축출하고 올바른 가치관을 널리 펴는 데 주저함이 없어야 한다.

오늘날 우리 주변에는 안타깝게도 군자의 목소리는 들리지 않고 사이비가 여전히 설치고 다닌다. 하지만 무엇이 진짜이고 가짜인지의 판단 기준조차 보이지 않는 오늘, 힘없는 서민들로서는 진실로 주열과 같은 대장부의 일갈이 그립지 않을 수 없다.

은혜를 베풀면 하늘은 외면하지 않는다

남의 흉한 일을 애틋하게 여기고 남의 좋은 일을 즐거워하라.
남의 다급한 일을 도와주고 남의 위태로운 일을 구해주라.
(省心·下-8)

조선 선조 때의 역관 홍순언은 청년 시절 사신들을 따라 명나라에
여러 차례 갔다.

본래 호방한 성품이었던 그는 명나라 통주에서 청루에 놀러갔다가
옥에 갇힌 아버지를 살리기 위해 스스로 청루에 들어온 여인을 보고
는 가련한 생각이 들어 몸값을 치러주고 집으로 돌려보냈다. 하지만
홍순언은 이로 인하여 삼백금이라는 막대한 공금을 축내게 되었으므
로 귀국하자마자 옥에 갇히는 신세가 되었다.

당시 조정에서는 '종계변무宗系辨誣'란 사건으로 고심하고 있었다.
그것은 명나라가 태조 이성계의 아버지가 이자춘이 아니라 고려의 권

신이었던 이인임이라고 규정해놓은 문서를 시정해달라고 주청했던 사건이다.

이는 나라의 국체國體와 관련된 일이라 사신의 구성원은 나라 안의 최정예 인물들로 꾸미지 않으면 안 되었다. 그런데 역관으로서 이런 일을 맡을 사람은 옥에 갇혀 있는 홍순언만한 이가 없었다.

그리하여 옥에서 나온 홍순언은 정사 황정욱을 따라 명나라에 들어갔다. 그런데 명나라측 인사로 나온 예부상서 석성이 다른 신하들을 제쳐두고 보잘것없는 역관인 홍순언을 연회에 초대하는 것이었다.

이는 전례를 찾아볼 수 없고 법도에도 없는 일이었다. 그러나 어쩔 수 없이 연회에 나간 홍순언이 어리둥절해하자 석성이 그를 보고는 이렇게 말했다.

"그대가 홍역관입니까? 옛날 통주에서의 일을 기억하는지 모르겠습니다. 지금도 아내가 그 일을 무척 고마워하고 있습니다."

석성의 말이 끝나기가 무섭게 한 여인이 장막 뒤에서 나와 홍순언에게 큰절을 올렸다. 깜짝 놀라서 자세히 살펴보니 과거 청루에서 몸값을 치르고 집에 돌려보낸 바로 그 여인이었다. 그녀는 얼마 뒤 집안의 모함이 풀려 가산을 회복한 뒤 석성과 결혼한 것이었다.

이런 인연으로 홍순언을 조선의 진정한 장부로 여기게 된 석성은 '종계변무'를 비롯한 여러 안건들을 흔쾌하게 해결해주었다.

마침내 모든 일을 마치고 사신들의 일행이 돌아가려 하자 석성의 부인은 조그만 함에 '보은단報恩緞'이라 수놓아진 비단 열 필을 넣어서 홍순언에게 선물로 주었다. 이 일을 기화로 당시 사람들은 홍순언이 살던 서대문 근처의 미동을 일러 '보은단골'이라고 불렀다.

또 훗날 임진왜란이 일어났을 때는 명나라의 석성이 병부상서로 있었으므로 홍순언이 다시 들어가 원병을 요구하여 쉽게 성사되었다. 사람이 은혜를 베풀면 이렇듯 커다란 보답이 따르는 것이다.

❀

슬플 때 울고 기쁠 때 웃는 것처럼, 배고픈 사람에게는 식사를 대접하고 고통을 겪는 사람에게는 위로해주는 것이 삶의 순리다. 타인의 고통을 모르는 척 지나치면 반드시 업보가 뒤따르지만, 불쌍히 여기고 은혜를 베풀면 내가 궁지에 몰렸을 때 하늘이 외면하지 않는다.

당신이 가진 것을 주라. 그것은 어떤 사람에게는 상상 외로 좋은 것이 되리라.

이와 같은 롱펠로우의 말처럼, 자신에게는 아무리 하찮은 것이라 할지라도 받은 사람에게는 목숨보다 소중할 수가 있음을 알아야 한다. 그리고 그것은 주는 사람에게나 받는 사람에게 똑같은 행복을 준다.

친절과 동정을 아까워하지 말라. 그것은 노후를 준비하는 저축과도 같다. 그것은 우리네 인생을 아름답게 피워내는 꽃과 같다. 여기 이름 모를 시인의 친절에 대한 찬미가 있다.

친절한 마음은 밭이요, 친절한 생각은 뿌리다.
친절한 말은 꽃이요, 친절한 행위는 열매다.

두드려라, 그러면 열릴 것이다

(省心 · 下-10)

삼국시대 말기, '도원결의' 마저 헛되이, 명장 관우가 오나라의 여몽에 의해 죽고, 장비와 소열제 유비마저 세상을 떠나자 촉한의 운명은 제갈공명의 두 어깨에 달려 있다고 해도 과언이 아니었다.

제갈공명은 한마음 한뜻으로 후주 유선을 보필하면서 촉을 부강하게 다스리고 자신이 세상을 떠나기 전에 우선 위나라를 정벌하여 일찍이 유비와 함께 품었던 천하 통일의 대업을 이루리라 마음먹었다.

그런데 아무래도 남쪽 운남 지방이 걱정이 되었다. 그곳에 있는 만족의 움직임이 몹시 수상했던 것이다. 당시 만족의 추장 맹획은 매우 용맹스러웠고, 예로부터 위나라와 깊은 유대 관계를 맺고 있었다.

오나라는 위나라가 견제하고 있었으므로 다소 여유가 있었지만 미리 촉한의 남쪽을 평정해놓지 않으면 위나라를 칠 때 배후를 강타당할 위험이 있었던 것이다. 그리하여 제갈공명은 일단 북벌을 미루고 남정南征 길에 올랐다.

맹획이 이끄는 만군은 노수를 건너온 촉한의 대군과 마주하자 남만 특유의 사나운 짐승과 지형을 이용하여 촉군을 괴롭혔다. 하지만 제갈공명은 나름대로 어떤 희생을 치르든지 간에 그를 생포하여 감화시키려는 전략을 짰다.

단순히 승리만을 거두어서는 곤란했다. 그렇게 되면 만족은 언제까지나 촉한의 위험 요소로 남을 것이기 때문이었다.

그렇게 맞붙은 양군은 사력을 다하여 싸웠다. 하지만 병법에 능한 제갈공명은 계교를 써서 맹획을 사로잡았다. 그런데 항복을 권하는 제갈공명의 설득에도 불구하고 맹획은 이렇게 큰소리쳤다.

"나는 패배를 승복할 수 없다. 단지 비겁한 책략에 말려들었을 뿐이다. 촉군의 진영이 이 정도라면 대단할 것도 없다. 다시 한 번 싸운다면 우리가 충분히 이길 수 있다."

이 말을 들은 제갈공명은 웃으며 맹획을 놓아주었다. 그러자 전열을 재정비한 맹획은 다시 기묘한 무기를 동원하여 공격해왔다. 하지만 제갈공명의 지모를 이길 수 없어 맹획은 다시 생포되는 신세가 되었다. 하지만 맹획은 또다시 이렇게 항변했다.

"내가 방심하지 않았다면 너희 같은 오합지졸을 단번에 쓸어버릴 수 있다. 나의 용병술이 어찌 너만 못하겠느냐?"

이렇게 풀려난 맹획은 또다시 싸우다가 생포되었다. 이렇게 풀어주고 생포하기를 일곱 차례나 거듭되었다. 제갈공명은 또다시 포승에 묶여 끌려온 맹획을 앞에 두고 탄식했다.

"너희 같은 야만족을 교화시키려 한 내가 잘못이다. 이제 네 목을 벤들 무슨 이득이 있겠는가? 우리는 그만 철수할 테니 어디 너희들 멋대로 해보거라."

그제야 맹획은 투구를 벗고 눈물을 흘리며 제갈공명의 발밑에 엎드렸다.

"제가 평생을 전장에서 지냈지만 적장을 일곱 번 사로잡아 일곱 번 풀어주었다는 말은 듣지 못했습니다. 실로 승상의 은혜가 하해와 같은데 그 덕을 배반하고서야 어찌 사람이라고 하겠습니까? 이후 저희들은 촉한의 조정에 충성을 다하겠습니다."

이렇게 해서 덕화德和로 운남 지방을 평정한 제갈공명은 수도인 성도로 돌아와 군사를 정비한 다음 위나라와 천하의 향방을 건 최후의 일전에 나설 수 있었다.

❀

매사를 자기식대로 해석하지 말라. 어떤 일에 임해서든지 자신이 제일 부족하다고 생각하라. 그렇게 배우는 자세를 갖지 않으면 개인의 발전이란 요원한 것이다.

진정한 승리자는 패배를 두려워하지 않는다. 소인배들만이 자신의 두레박줄의 짧음을 깨닫지 못하고 군자의 깊은 마음을 오히려 원망하는 것이다. 음유시인 칼 힐티의 말에 귀를 기울여보라.

그대가 얻고 싶은 것을 남이 가졌거든 그것을 얻기에 바친 노력만큼 그대도 노력하라. 이 세상의 모든 물건은 대가 없이 얻을 수 없다. 남이 노력해서 얻은 것을 그대는 어찌 팔짱을 끼고 바라보고 있는가?

성서에 "두드려라, 그러면 열릴 것이다"라는 말이 있다. 진실로 원하는 것이 있다면 마음만 먹어서는 안 된다. 문을 두드리는 적극적인 노력이 필요한 것이다.

인간이 위대하다는 것은 노력할 줄 안다는 점이다. 그런데 노력이란 무엇인가? 그것은 곧 부족함을 아는 데서 시작된다. 가질 것이 무엇인지 모른다면 대체 무엇을 얻으려고 노력하겠는가.

훌륭한 사람을 만났을 때면 그 사람의 덕성이 과연 자신에게도 있는지를 돌아보라. 악한 사람을 만나면 그 사람의 악덕이 자신에게도 있는지를 돌아보라. 악덕 중에서도 질투는 게으름보다 훨씬 더 큰 죄다. 그것은 타인의 장점을 노리는 탐욕에서 비롯된 것이기 때문이다.

금강석보다 더 빛나는 말

(省心·下-14·공자)

조선 영조 때 선비 김수팽은 매우 청렴결백하고 강직하여 매사에 거침이 없는 인물이었다. 그가 젊은 날 호조의 서리로 근무할 때 그의 동생은 혜민서의 서리로 있었다.

어느 날 김수팽이 동생의 집에 들렀는데, 뒤꼍에 커다란 항아리 몇 개가 나란히 놓여 있고, 그 안에는 쪽물이 가득했다. 동생을 불러 이것이 어디에 쓰이는 것이냐고 묻자 동생은 이렇게 대답했다.

"아내가 부업으로 염색을 하고 있습니다."

이 말을 들은 김수팽은 쪽물이 든 항아리를 밀쳐 넘어뜨리며 동생에게 이렇게 소리쳤다.

"우리 형제가 함께 나라의 후한 녹을 먹으며 살고 있는데, 네가 이와 같은 일을 하면 가난한 일반 백성들은 대체 무엇을 해서 먹고 살란 말이냐!"

이처럼 꼿꼿한 성품을 가지고 있던 김수팽이 언젠가 중요한 문서의 서명을 받기 위해 호조판서의 집을 찾았다. 그런데 사랑방에서 손님과 바둑을 두고 있던 호조판서는 김수팽이 용건을 고했지만 들은 척도 하지 않았다. 그러자 김수팽은 방 안으로 들어가 바둑판을 쓸어버리곤 이렇게 말했다.

"대감, 용서하십시오. 하지만 나라일이 급하니 어쩔 수 없습니다. 부디 서명하시고 다른 서리로 하여금 시행하도록 해주십시오. 저는 무례를 범했으니 오늘로 사직하겠습니다."

그러고 나서 자리를 뜨니 깜짝 놀란 호조판서는 얼른 버선발로 달려나가 김수팽의 손을 잡고 사과했다.

✤

말을 끄는 사람도 활 쏘는 사람에게 아첨하는 것을 부끄러워하여, 구걸하여 얻은 짐승이 비록 산처럼 쌓일지라도 그렇게 하지 않는다. 만약 내 도를 굽혀 저 사람을 좇는 것은 어떠하겠는가. 그 또한 그대가 잘못했다. 자신이 잘못된 사람으로 남을 바르게 한 사람은 아직 있지 않았다.

이것은 맹자의 직설이다. 집안에서 제 앞가림을 못하는 가장은 어떤 중요한 결정을 함에 있어 아무리 그 뜻이 바르더라도 처자를 설득시키지 못한다. 왜냐하면 자신의 잎새를 키워낸 나무의 뿌리가 미약하기 때문이다.

마찬가지로 자신의 힘으로 이루지 못하고 구걸하여 얻은 업적은 그 누구에게도 인정받지 못한다. 그것을 내세우려 하면 할수록 거꾸로 부끄러움만 더할 뿐이다. 그러므로 타인에게 광명정대하게 나서고자 한다면 먼저 자신의 행동거지를 광명정대하게 닦아야만 한다.

떳떳한 사람의 말 한마디는 침묵보다 값지지만, 때묻은 사람의 말 한마디는 돼지우리에 던져진 진주처럼 아무런 쓸모가 없다. 당신은 지금 누구에게 금강석보다 더 빛나는 말을 전해줄 수 있는 사람인가?

우정에 대한 예의

(省心 · 下-19)

중종 때의 학자 김안국은 사람됨이 솔직담백하여 사귀고자 하는 사람이 많았는데, 오는 사람을 마다하지 않고 반갑게 맞아주었다.

훗날 간신으로 알려진 김안로는 그와 어렸을 때부터 친한 사이였다. 당시에 김안로가 조정에 참언을 일삼으며 많은 사람들을 괴롭혔는데, 김안국은 그를 만날 때마다 잘못을 지적하고 충고했다. 다른 사람 같았으면 원한을 품고 반드시 보복하던 김안로도 김안국의 말만은 얼굴을 붉히면서도 반드시 귀를 기울여 듣곤 했다.

언젠가 김안국과 동생 김정국 형제가 함께 있을 때의 일이다. 김안로가 술을 마시러 왔다가 밤이 깊어 함께 자리에 누웠다. 그 당시에는 김안로의 권세가 하늘을 찔러 날아가던 새도 잡을 정도였지만 김안국은 예나 다름없이 친구의 잘못을 꾸짖었다.

"자네 요즘 너무 교만하게 행동하잖나? 좀 겸손하게 사람들을 대하게."

옆에 누워서 이 말을 듣던 동생 김정국은 몹시 불안했다. 김안로가 불쾌한 기분에 악감정을 품는다면 김안국은 그야말로 바람 앞의 촛불 신세가 될 것은 뻔한 일이었던 것이다. 걱정이 된 정국은 형의 발을 슬그머니 꼬집었다. 그러자 김안국은 일부러 더 큰 소리를 내어 동생을 야단쳤다.

"너는 잠이나 자지, 왜 내 다리를 꼬집는 거냐?"

그런데도 김안로는 못 들은 척하고 잠을 자는 것이었다.

몇 년 뒤 김안로가 죄를 받아 형장의 이슬로 사라지자 김안국은 그의 잘못을 거론하는 동생의 입을 막으며 이렇게 말했다.

"안로가 간악했다는 걸 내가 왜 모르겠느냐. 하지만 그는 우리와 깊은 우의를 나누었으니 더 이상 왈가왈부하지 말기로 하자."

❉

우정은 우정을 통해서만 얻을 수 있는 것이다. 사람들은 남에게 자신의 권리를 과시할 수 있지만 마음을 열지 않는 한 결코 우정이라는 보물을 얻을 수 없다.

친구가 있는 사람은 축복받은 사람이다. 현명한 사람은 친구에게 자신의 실수를 보여주는 것이 아니라 그가 스스로의 실수를 보도록 만든다. 실로 진정한 친구는, 세상의 모든 사람들이 당신으로부터 걸어 나갈 때 홀로 걸어들어오는 사람이다.

우리 조상들은 우정과 죄악을 별개의 덕목으로 생각했다. 그리하여 친구가 죄인이라 하여 절교한다거나 친구가 출세했다고 하여 더욱 우정을 돈독하게 쌓으려고 하지 않았다. 그야말로 있는 그대로 바라보았던 것이다. 그것은 나름대로의 우정에 대한 예절이었던 셈이다.

실로 아무리 친한 사람의 집이라도 눈치없이 오래 머무르게 되면 여러 사람들이 불편해질 것은 뻔한 이치다. 거리가 없는 우정이란 광신과 같기 때문이다.

친하다고 해서 자주 찾아가 일을 방해한다든지, 자신의 무료를 달래는 도구로 삼아서는 안 된다. 친할수록 예의를 지키고 공경해야만 그 우정이 오래 지속될 수 있다.

순간의 열정은 모든 것을 태워버린다

술이 사람을 취하게 하는 것이 아니라 사람이 스스로 취하는 것이며, 색이 사람을 미혹시키는 것이 아니라 사람이 스스로 미혹되는 것이다.

(省心 · 下-21)

중국 육조시대, 남쪽 지방에서는 '화산기'라는 남녀간의 비련을 담은 노래가 유행했는데, 그 대강의 내용은 다음과 같다.

한 청년이 화산기라는 지방에서 운양땅으로 가다가 객사에서 한 처녀를 보고 한눈에 반해버렸다. 하지만 그 마음을 전할 길이 없어 집에 돌아오자마자 상사병으로 자리에 눕고 말았다.

청년의 어머니는 날이 갈수록 수척해지고 헛소리를 해대는 아들을 추궁하여 마침내 그 사연을 알게 되었다. 아들의 병세가 깊어지자 어머니는 처녀의 집에 찾아가 자초지종을 이야기하고 도움을 청했다.

처녀는 알지 못하는 청년이 자신 때문에 상사병에 걸렸다는 이야기를 듣고 측은한 마음에 입고 있던 속옷을 내주었다. 어머니가 그것을 몰래 아들이 병들어 누워 있는 베개 속에 넣었더니 얼마 지나지 않아 청년이 자리에서 일어났다.

그런데 얼마 뒤 청년은 우연히 어머니가 자신의 베개 속에서 여자의 속옷을 꺼내는 것을 보게 되었다. 비로소 자신이 완쾌된 까닭을 알게 된 청년은 여자의 속옷을 안고 다시 끙끙 앓기 시작했다.

어머니가 그 속옷을 빼앗으려 하자 청년은 그것을 빼앗기지 않으려고 입 속에 넣다가 그만 질식해 죽게 되었다. 청년은 마지막 숨을 내쉬기 전에 이렇게 말했다.

"내가 죽거든 화산기로 상여를 옮겨 먼발치에서나마 그녀의 집이라도 보게 해주오."

사람들이 그의 유언대로 화산기로 가니 처녀의 집 앞에서 상여가 움직이지 않았다. 비로소 죽은 청년의 지극하고 슬픈 사랑을 알게 된 처녀는 곱게 화장을 한 후 '화산기'라는 노래를 부르며 관 속으로 뛰어들어가 죽었다고 한다.

사람들은 끝내 이루지 못하고 비련에 죽은 두 남녀를 함께 장사지냈다. 이런 이야기가 우리나라에서도 옛날부터 전해져 왔는데, 선비 김종직이 감동하여 다음과 같이 「화산기」라는 시를 지었다.

무덤 위에 푸르게 난 연리지여

행인들은 모두 화산기 노래를 부르는구나.

야당화 필 때 한식이 오니

몇 번이나 그들의 혼은 나비 되어 날아갔느냐.

빛나고 아름다운 것들은 위험하다. 그것들은 유혹하는 것이고, 도취하게 하는 것들이다. 그 안에서 얼마나 많은 이름들이 날개를 태웠는지 모른다.

열정이 아름답다는 말은 거짓말이다. 그것을 참고 한 발짝 뒤로 물러날 때가 아름다운 것이다. 흐린 하늘을 보면서 비 올 것을 생각하고 마당에 널어놓은 고추를 거두어들이는 농부의 마음은 얼마나 평화로운가.

이제 판단할 때가 되었다. 당신은 오랜 평화를 누릴 것인가, 순간의 열락으로 스러질 것인가. 그렇다면 다음과 같은 탄식은 과연 누구의 것이겠는가.

칭찬과 비방에 놀라지 않고, 한가롭게 뜨락의 꽃이 피고 지는 것을 바라보며 가고 머무는 데 뜻이 없으니, 무심히 하늘 밖의 구름이 걷히고 펴짐에 따른다.

하늘 맑고 달이 밝으니 어느 하늘인들 날지 못하랴만 불나비는 홀로 밤 촛대에 몸을 던지고, 샘물이 맑고 풀이 푸르니 어느 물건인들 먹지 못하랴마는 올빼미는 굳이 썩은 쥐를 즐겨 먹으니, 아아, 세상에는 불나비와 올빼미 아닌 사람이 몇이나 되겠는가.

처신은 겸손하게, 이상은 드높게

공공을 위하는 마음이 사사로운 마음과 같다면
무슨 일인들 옳고 그름을 가려내지 못할까.
도를 향하는 마음이 남녀의 정을 생각하는 마음과
같다면 벌써 부처가 되고도 남음이 있으리라.
(省心 · 下-22)

한나라 무제 때 5천 보병을 이끌고 흉노를 정벌하러 나갔던 이릉 장군은 열 배가 넘는 적의 기병을 맞아 초전에는 잘 싸웠으나 결국 중과부적으로 패하고 말았다. 그런데 이듬해 들어서 전사한 줄 알았던 이릉이 흉노에게 투항해 후대를 받고 있다는 사실이 밝혀졌다. 이를 안 무제는 크게 노하여 이릉의 일족을 참형에 처하라고 엄명했다.

하지만 그 어명의 부당함을 알고 있는 중신들과 이릉의 동료들이 모두 무제의 눈치만 살필 뿐 누구 하나 이릉을 위해 변호해주는 사람이 없었다. 이에 분개한 사마천이 무제 앞에 나아갔다.

사마천은 지난날 흉노에게 경외의 대상이었던 이광 장군의 손자인 이릉이 평소부터 목숨을 내던져서라도 국난에 임할 용장이라고 굳게 믿었다. 그리하여 그는 대담하게 무제 앞에 나아가 이렇게 상주했다.

"이릉은 흉노의 수만 기병에 맞서 소수의 병력으로 싸워 큰 공을 세웠으나 원군이 오지 않아 어쩔 수 없이 패전한 것으로 생각되옵니다. 그러나 끝까지 병사들과 어려움을 같이한 이릉은 인간으로서 극한의 역량을 발휘한 명장일 것입니다. 그가 흉노에게 투항한 것도 필시 나중의 기회를 잡기 위한 고육책일 것입니다. 그러니 이릉의 일족을 참형에 처하는 것을 재고해주십시오."

이 말을 들은 무제는 진노하여 사마천을 옥에 가둔 후 궁형에 처했다. 궁형이란 남성의 생식기를 잘라 없애는 것으로 당시로서는 가장 수치스런 형벌이었다.

세인들은 이 사건을 가리켜 '이릉의 화'라고 했는데, 훗날 사마천은 친구인 임안에게 쓴 편지에서 당시의 심경을 이렇게 피력했다.

'내가 법에 따라 사형을 받는다고 해도 그것은 한낱 아홉 마리의 소 중에서 터럭 하나 없어지는 것과 같을 뿐이니, 나와 같은 존재는 땅강아지나 개미 같은 미물과 무엇이 다르겠나? 세상 사람들 또한 내가 죽는다 해도 절개를 지키기 위해서라고 생각하기는커녕 나쁜 말을 하다가 큰 죄를 지어서 어리석게 죽음을 당했다고 여길 것이네.'

처신은 겸손하게, 이상은 드높게 가져라.
그리하면 겸손하고 너그러운 사람이 되리니

용기를 잃지 말고 하늘을 겨냥하라.

그대는 나무를 겨냥한 사람보다

훨씬 더 높이 오를 터이니

조지 허버트의 교훈적인 시구다. 오래 엎드린 자는 반드시 높이 날고, 먼저 핀 자는 홀로 일찍 떨어진다. 이 이치를 알면 가히 발을 헛디딜 근심을 면할 것이요, 가히 초조한 생각을 없앨 수 있다.

목표가 있는 사람은 서두르지 않는다. 날짐승의 왕 독수리도 새끼일 때 날개를 말리고 날아오르는 연습을 해야만 비로소 너른 창공을 자랑스럽게 배회할 수가 있다. 조급함을 버리고 천천히 쌓아나가는 이치를 깨달아야만 하는 것이다.

사마천이 남자로서는 가장 비참한 궁형이라는 수모를 당하면서까지 목숨을 버리지 않은 데는 이유가 있었다. 당시 사마천은 태사령으로 봉직했던 아버지 사마담이 임종시에 "통사通史를 기록하라"고 한 유언에 따라 『사기』를 집필중에 있었기 때문이다. 그래서 그는 책을 완성하기 전에는 죽으려야 죽을 수도 없는 몸이었다.

아홉 마리의 소 중에서 기껏해야 터럭 하나 없어지는 것 같은 신세였지만 그런 상황 속에서도 그는 누구보다 원대한 포부를 가지고 고통스런 현재를 견디어냈다.

그로부터 2년 후, 사마천은 중국 최초의 기전체(紀傳體 : 황제를 중심으로 한 본기本紀와 신하들에 대한 열전列傳 등으로 기록한 역사 기술의 한 체제) 통사通史인 『사기』 130여 권을 완성했다. 그리하여 사마천의 이름은 무수한 제왕의 이름들을 제치고 지금까지도 찬연히 빛나고 있다.

지극한 말은 말을 버린다

(省心 · 下-27)

　　장암 정호가 팔십이 되어 영의정의 자리에서 물러나 고향인 충주에 머물 때였다. 참판 이형좌가 도승지로서 임금의 명을 받아 그를 찾아갔더니 장암 선생은 산에 배나무 수십 그루를 심어놓고 손수 접목을 하고 있었다. 이형좌가 그 광경을 보고 빙그레 웃으며 물었다.

　　"대감, 이처럼 어린 나무가 언제 열매 맺기를 기다리겠습니까?"

　　이것은 그의 나이가 너무 많아서 나무가 자라 열매가 열리기 전에 당신이 세상을 떠나지 않겠느냐는 은근한 비아냥이었다. 하지만 선생은 아무런 대답도 하지 않고 조용히 미소지을 뿐이었다.

　　그뒤 이형좌가 충청감사가 되어 다시 찾아가니 장암 선생이 간단히

주안상을 마련하여 대접했는데, 상 위에는 잘 익은 배가 올려져 있었다. 그 배를 가리키며 장암 선생이 이형좌에게 말했다.

"이 배가 예전에 내가 심은 나무에서 열린 거라네. 그때 자네는 내가 그 열매를 먹지 못할까 걱정했지만, 내가 그 맛을 본 지가 벌써 오래 되었네."

이 말을 들은 이형좌는 부끄러워 얼굴을 들지 못했다. 장암 선생은 그후 89세의 나이로 세상을 떠났다.

산림이여, 평원이여, 우리를 그지없이 즐겁게 해주는구나. 그러나 그 즐거움이 다하기도 전에 비애가 잇달아 찾아든다. 슬픔과 즐거움이 밀려오는 것을 나로서는 막을 수 없으며 떠나가는 것을 머물게 할 수 없으니 슬프다. 사람들이여, 고작 외물外物의 여인숙일 뿐이구나. 무릇 겪은 일은 알아도 겪지 못한 일은 알 수 없고, 능력이 미치는 일은 할 수 있어도 능력 밖의 일은 할 수 없으니, 알 수 없고 할 수 없는 것은 진정 사람이면 누구나 면할 수 없는 일인데도, 면할 수 없는 일을 면하고자 애쓴다는 것은 어찌 이 또한 슬픈 일이 아니겠는가. 지극한 말은 말을 버리고, 지극한 행위는 행위를 버린다. 지식으로 모든 것을 알려 한다면 천박한 일이다.

이것은 『장자』에 나오는 유명한 구절이다.

사람들은 나이가 들면 문득 고향을 그리워하고 푸른 하늘과 반짝이는 물빛에도 애상에 젖어든다. 그것은 아마도 젊은 날 야망과 열정으로 풍진風塵 속을 떠돌아다니며 잊고 있었던 아름다움의 본질을 깨달았기 때문이다.

그런 깨달음은 젊은 날에는 전혀 알 수 없는 것들이다. 슬픔이 있으면 즐거움도 있고, 환희가 있으면 공포도 있다. 이와 같은 진리는 타오르는 열혈의 가슴으로는 쉽게 수긍할 수 없는 것이다.

이윽고 인생이란 여인숙에서 자리를 걷고 일어나야 할 때가 다가오면 여태껏 느끼지 못했던 세계의 본질을 알게 된다. 난생 처음으로 사람이 태어나면 소멸해야 한다는 진리를 체험하게 될 자신의 모습이 보인다. 하지만 말은 말로써 끝나고, 행동조차 부질없으니 지식만으로 그것을 어찌 다 설명할 수 있단 말인가.

나를 당당하게

흰 구슬을 진흙 속에 던지더라도 그 빛을 더럽힐 수 없고,
군자는 혼탁한 곳에 가더라도 그 마음을 어지럽힐 수 없다.
그러므로 소나무와 잣나무는 눈과 서리를 견디어내고,
밝고 지혜로운 사람은 위태로운 환난을 헤쳐나간다.

(省心 · 下-29 · 『익지서』)

한나라의 전성기를 열었던 무제는 즉위 초기부터 널리 인재를 모았으므로 각처에서 상소문을 보내 황제에게 자신을 드러내려는 사람들이 많았다.

어느 날 상소문을 보던 무제는 실소를 금치 못했다. 그 주인공은 동방삭이라는 인물이었는데, 정치에 관한 내용은 일언반구도 없이 오직 자기 자랑뿐이었던 것이다.

하지만 영명했던 무제는 동방삭의 반짝이는 기지를 높이 평가하여 관직을 하사했다. 그후 동방삭은 자신의 능력을 발휘하여 시종관의 벼슬에까지 올라갔다.

어느 해 여름이었다. 날씨가 더운 탓에 시종관들의 건강을 염려한 무제가 그들에게 고기를 하사하라는 칙명을 내렸다. 많은 시종관들이 고기를 받기 위해 줄을 서서 기다렸지만 고기는 왔으되 그것을 나누어줄 담당 관리가 나타나지 않았다.

이때 동방삭이 냉큼 나서더니 칼을 뽑아 자기 몫의 고기를 잘라서 가져갔다. 깜짝 놀라 걱정하는 동료들에게 그는 이렇게 큰소리를 쳤다.

"날씨가 더우니 고기가 쉬 상할지도 모르네. 하사품은 잘 챙겨가면 그만 아닌가?"

이튿날 하사품을 담당하는 관리가 이런 동방삭의 무례한 행동을 황제에게 고해 바쳤다. 그러자 황제는 동방삭을 불러 절차를 밟지 않은 죄를 캐묻고 스스로를 비판하라는 벌을 내렸다. 그러자 동방삭은 즉시 무릎을 꿇고 이렇게 말했다.

"동방삭아, 너는 어찌 어명도 기다리지 않고 하사품을 가져갔더란 말이냐. 그 무례함을 어찌 용서받을 수 있느냐?"

말이 여기에 이르자 무제는 고개를 끄덕이며 다음 말을 기다렸다. 그런데 여기서부터 가관이었다.

"동방삭아, 칼을 뽑아 고기를 잘랐으니 참으로 용감하였구나. 고기를 자르되 많이 갖지 않았으니 참으로 청렴하구나. 또 그것을 집으로 가져가 아내에게 주었으니 인정 또한 넘치는구나."

무제는 이런 동방삭의 배짱과 기지에 저절로 웃음이 터져나왔다.

"아니, 그대는 자신을 비판하라고 했는데 어찌하여 자신을 칭찬하느냐."

마음이 풀린 무제는 너털웃음을 터뜨리며 벌을 주기는커녕 오히려 술 한 섬과 고기 백 근을 하사했다.

❊

윗글은 스스로에게 떳떳한 사람이 되라는 뜻이다. 자신을 특별한 존재로 만든다면 다가오는 환난도 피할 수 있고, 그것을 전화위복의 기회로 만들 수가 있다. 자신감은 전문성에서 비롯된다. 그 누구도 참견할 수 없는 자신만의 역량을 키우라는 말이다. 자신을 믿지 못하는 사람이 어찌 타인에게 베풀 수 있겠는가.

예로부터 자포자기한 사람과는 가까이하지 말라고 했다. 그런 의미에서 동방삭의 당당한 태도는 무제로 하여금 믿음을 주었다. 지엄한 제왕 앞에서도 떳떳하게 자기 변호를 할 수 있는 용기란 전제 군주가 다스리던 사회에서 쉽게 찾아볼 수 없는 일이었기 때문이다.

소인배는 궁지에 몰리면 우선 도망치려 한다. 그것의 표상은 말로부터 시작된다. 사람의 말은 그 사람의 모든 것을 드러내는 거울과도 같다. 마음이 맑은 사람의 말은 이슬처럼 청명하게 자신의 인격을 표현하지만, 흑심을 품은 사람의 말은 흙탕물처럼 자신의 더러운 내심을 드러낸다.

말이란 담겨 있는 내용뿐만이 아니라 화자의 목소리, 표정, 몸짓 등이 종합적으로 어우러져 나오는 것이기에 아무리 노련한 배우처럼 의도적으로 그 빛깔을 바꾸려 해도 쉽게 바뀌지 않는다.

그러므로 우선 자신에게 떳떳하도록 힘을 키우자. 그리하면 어떤 처지에 놓여 있더라도 당당하게 스스로를 내세울 수 있다.

명필은 붓을 가리지 않는다

기름진 땅, 만 이랑보다는 보잘것없는 재주라도
한 가지 몸에 있는 것이 낫다.

(省心 · 下-33 · 태공)

당나라 때 서예가인 구양순은 처음에는 왕희지체를 익혀 당대의 명
필로 떠올랐지만 그에 만족하지 않고 피땀어린 노력 끝에 '구양순체'
라 불리는 자신만의 필체를 완성시켰다.

당대에는 우세남, 저수량, 유공권 등의 인물도 명필로 알려져 있었
지만 모두가 구양순에 미치지 못했다. 언젠가 이런 평가에 적이 기분
이 상한 저수량이 우세남을 찾아가 이렇게 물었다.

"제 글씨와 구양순의 글씨 중 어느 것이 낫다고 생각하십니까?"

그러자 우세남은 거침없이 대답했다.

"물론 구양순의 글씨가 낫습니다. 그 사람은 붓이나 종이를 가리지

않고도 스스로 원하는 글씨를 써내지만 당신은 좋은 붓과 먹이 없으면 제대로 쓰지를 못하잖소?"

이 말을 들은 저수량은 아무 대꾸도 못하고 얼굴이 시뻘개져서 되돌아갔다.

❀

무릇 재물이란 돌고 도는 것이어서 오늘 나의 수중에 있다가도 금세 다른 사람의 수중으로 들어갈 수 있다. 하지만 사람이 체득한 기술이란 죽기 전까지는 없어지지 않는다. 때문에 좋은 땅 수만 평보다는 보잘것없는 한 가지 기술이라도 가지고 있는 것이 낫다는 의미다.

그러나 그런 기술의 획득이나 유지만으로 어떤 목표를 이루었다고 말할 수는 없다. 끊임없는 연구와 개선을 통하여 누구도 흉내낼 수 없는 장인의 경지에 오를 수 있도록 해야만이 비로소 그 이름을 남길 수가 있는 것이다.

옛날에 한 영웅이 수많은 패배로 절망했다가, 개미 한 마리가 한 알의 보리를 물고 담을 오르다가 예순아홉 번을 떨어지더니 일흔 번째에 목적을 달성하는 것을 보고, 용기를 회복하여 승리를 쟁취했다는 이야기가 있다.

또 에디슨은 전구를 발명하기까지는 수천 번의 실패를 했다. 하지만 그는 기자들에게 "그것은 실패가 아니라 완성의 과정이었을 뿐이다"라고 말하지 않았던가.

그렇다. 고금에 천재로 불리는 사람들은 절망하지 않고 뼈를 깎는 수련 과정을 거쳤기 때문에 비로소 탁월해진 것이다.

같은 서예가이면서도 저수량이 구양순에 비할 수 없는 것은, 재주는 있지만 구양순만큼의 노력을 경주하지 않았기 때문이다. 구양순은 아무리 조잡한 붓과 먹을 사용해도 글씨가 흔들리지 않는 경지에까지 이르러, 세간에 "명필은 붓을 가리지 않는다"라는 격언을 남겼던 것이다.

모든 허물은 내 탓이니

사물을 접하는 요체는 자기가 하기 싫은 일을
남에게 권하지 않는 것,
실행하고서도 결과를 얻지 못하면
자기 자신에게 그 원인을 찾는 일이다.

(省心 · 下-34 · 『성리서』)

윤집은 병자호란 때에 끝까지 화친을 반대하다가 인조가 삼전도에서 청 태조에게 항복했을 때, 척화신으로 몰려 홍익한, 오달제와 함께 심양으로 끌려간 삼학사 중 한 사람이다. 당시 청나라 장수 한 사람이 그를 회유하며 이렇게 물었다.

"내가 알기에 화친을 주창한 사람은 홍익한 혼자가 아닌가? 그대가 죄없음을 주장한다면 목숨을 건질 수 있다."

그러자 윤집은 고개를 저으며 대답했다.

"지금 당장 죽는다 해도 나는 내 뜻대로 한다. 다시는 묻지 말라."

그리하여 마침내 심양으로 끌려가 서문 밖에서 죽음을 당하려는 순간, 함께 갔던 노복이 눈물을 흘리며 설득했다.

"대감, 왜 억지로 죽으려 하십니까? 지금이라도 죄 없음을 말하고 고국의 산천을 보십시오."

하지만 윤집은 이렇게 말했다.

"적국의 무리들에게 몸을 굽히는 모욕은 차라리 죽는 것보다 못하다. 내가 이제 죽는 것은 내 할 바를 다하지 못한 결과이니 너는 그만 돌아가거라."

그리고 홍익한, 오달제 등과 함께 웃으며 이야기를 나누다가 사형 집행관의 칼날에 조용히 최후를 마쳤다.

선비는 자신이 원치 않는 것을 남에게 요구하지 않는다. 왜냐하면 그것은 남을 해치고 괴롭히는 것이니, 결국에는 자신마저도 괴롭히는 행동이기 때문이다. 그러므로 어떤 일이 뜻대로 되지 않을 때는 남을 탓하기 전에 먼저 자신을 반성하고 원인을 자신에게서 찾아야만 한다는 뜻이다.

때문에 선비들은 세상의 환난이나 불의를 대하면 자신의 가르침이나 덕의 부족으로 여겨 심히 부끄러워했다. "모든 일이 내 탓이니, 어찌 치욕스럽게 변명하여 스스로를 더럽히겠는가"라는 것이다. 이와 같이 곧은 선비들의 의식을 대변하는 말이 여기 있다.

도덕을 지키며 사는 자는 한때 적막할 뿐이지만 권세에 아부하여

사는 자는 만고에 처량하다. 만사에 통달한 자는 사물 밖의 사물을
보고 육신 뒤의 몸을 생각하지, 한때의 적막함을 견딜지언정 만고의
처량함을 택하지 말라.

이런 선비 의식이 당쟁으로 어지러웠던 조선이라는 한 시대를 지켜
내려왔는바, 아직도 우리 주변에는 이와 같이 꼿꼿한 예의 도덕을 지
키고 있는 진정한 선비가 존재하고 있다.

오롯이 내 것이란 배움뿐이다

후한의 마지막 황제인 헌제 때 동우라는 학자가 있었다. 그는 학문에 심취하여 언제나 책을 손에서 놓지 않았다. 이 소문을 들은 헌제가 그에게 황문시랑이라는 벼슬을 주고 늘 자신에게 강론을 하도록 했다. 그리하여 황제를 가르치는 바쁜 와중에서도 동우는 『노자』에 주를 달고 『춘추좌씨전』에도 주해를 다는 등 연구를 쉬지 않았다.

그의 높은 학문이 세간에 널리 알려지자 제자가 되려는 사람들이 줄을 이었다. 그러자 동우는 찾아오는 사람들에게 일일이 이렇게 충고했다.

"쉬지 않고 책을 읽으면 누구라도 그 뜻을 깨우칠 수 있는 것이지,

나 같은 사람의 가르침은 별반 도움이 되지 못한다. 아무리 어려운 책이라도 백 번만 읽으면 그 뜻이 저절로 찾아오게 되는 법이다.”

그러자 사람들이 물었다.

“책을 백 번이나 읽을 시간이 어디에 있겠습니까?”

이에 동우는 자세를 바로하고 엄한 태도로 이렇게 타일렀다.

“사람에게는 세 가지 남는 시간이 있는데 곧 겨울과 밤과 비올 때다. 겨울은 한해의 여분이며, 밤은 한날의 여분이요, 비는 한때의 여분이니, 그러한 때 다른 일로 시간을 낭비하지 않고 책을 읽는다면 천 번인들 읽지 못할 까닭이 없다.”

학문과 근면, 그리고 화목이 한 집안을 빛나게 한다. 그러므로 그 중에서도 배움이란 스스로를 닦는 것이니 게을리 해서는 안 된다. 그런데 학문에 임하여 건강한 자세를 잃어버린다면 그 배움은 거꾸로 자신을 해칠 수 있다.

책을 읽는다는 것은 마음을 다스리고 기운을 기르는 것을 근본으로 하는 것인데, 어찌 책을 읽는 것으로 해서 병이 생기는 까닭이 되랴.

명종 때의 학자인 황준량의 말이다. 곧 배움이란 자신을 갈고 닦아 성취하는 것인데, 어떻게 싫어하며 회피할 수 있겠느냐는 뜻이다.

학문이란 타인에게서 얻어 가질 수 있는 것이 아니라 오직 자신만이 이룰 수 있는 것이다. 곧 배워서 남에게 주는 것이 아니라 자신이 갖는 것이다.

노만 코진스는 여기에 삶의 중요한 덕목을 덧붙인다. 실로 현대인들의 가슴에 담아두어야 할 명언이 아닐 수 없다.

만일 당신이 교육의 세 가지 기본인 읽기, 쓰기, 산수를 배웠더라도 다음의 네 가지를 배우지 않는다면 당신은 절대로 교육받은 사람이 아니다.

첫째는 돈 버는 법이요, 둘째는 사는 법이요, 셋째는 이해하는 법이다. 그리고 넷째는 이 세상을 좀더 살기좋은 공간으로 만드는 일에 참여하는 법이다.

사람 대하기를 하늘처럼

처음으로 벼슬자리에 오른 사람이더라도
참으로 사물을 사랑하는 마음이 있으면
반드시 다른 사람에게 도움이 될 것이다.
(治政-1 · 명도 선생)

춘추시대, 공자의 제자들 중에 복자천이라는 인물이 있었다. 노나라의 애공이 그를 불러들여 단보땅을 다스리도록 했다.

복자천은 막상 애공의 부탁에 승낙은 했지만 애공이 신하들의 참언에 이끌려 자신의 의도대로 정치를 하지 못할까 적이 걱정이 되었다.

그 해법을 찾기 위해 골몰했던 복자천은 단보에 부임할 때 특별히 애공의 측근 두 사람을 청하여 데리고 갔다. 임지에 도착하자 지방관리들의 보고를 받는 자리에서 복자천은 그 두 사람으로 하여금 내용을 받아쓰라고 명했다.

명에 따라 두 사람이 붓을 들어 글씨를 쓰기 시작하자 복자천은 곁에서 슬쩍 그들의 팔꿈치를 건드리거나 어깨를 밀거나 하여 글씨 쓰는 것을 방해했다.

그 결과 다 쓰여진 서류의 글씨가 비뚤어지고 떨린 자취며 빗나간 것이, 그야말로 엉망진창이었다. 그러자 복자천은 서류를 집어던지며 두 사람을 심하게 꾸짖었다.

"이것도 글이라고 쓴 건가? 대체 그대들은 글을 써본 사람인가, 아닌가?"

이렇게 난데없는 모욕을 당한 두 사람은 곧바로 사표를 써던지고 애공에게 돌아가 호소했다.

"복자천과는 일할 수 없습니다. 그는 글씨 하나 쓰는데도 이것저것 참견하여 엉망으로 만들어놓고는 거꾸로 저희에게 죄를 뒤집어씌웠습니다."

그 말을 들은 애공은 깊이 생각하더니 이렇게 말했다.

"이것은 필시 복자천이 나에게 뭔가를 깨우쳐주려고 한 짓일 게다. 그가 단보땅을 다스리는데, 공연히 내가 간섭하여 엉망이 되지 않도록 하라는 뜻이 아니겠느냐."

그리하여 애공은 곧바로 신하를 보내 복자천에게 이렇게 전갈했다.

"이제부터 단보땅은 그대의 것이니 뜻하는 대로 다스리라. 오 년 후에 내가 그 성과를 보겠다."

하지만 삼 년도 지나기 전에 애공은 궁금증을 참지 못하고 무마기라는 사람을 시켜 복자천에게 맡긴 단보땅의 정세를 몰래 살피게 했다.

한밤중에 단보땅에 다다른 무마기는 강가에서 어부가 잡은 고기를 물에 놓아주는 것을 보고 까닭을 물었다. 그러자 어부는 이렇게 대답했다.

"복자천님께서 어린 고기를 잡으면 여러 사람들에게 피해를 준다고 말씀하셨으므로, 잡은 고기들 중에 작은 것을 골라 살려주는 것입니다."

이에 무마기는 복자천의 다스림이 과연 훌륭하다고 감탄하면서 곧바로 되돌아갔다.

❀

신라 내물왕 때 백제의 독산성주가 백성 삼백 명을 거느리고 신라로 귀순해왔다. 그러자 백제의 근초고왕이 사신을 보내 그들을 돌려보내라고 재촉했다. 그러나 내물왕은 다음과 같은 말로 단호하게 거절했다.

"백성들은 떳떳한 심정을 가지고 있지 않으므로 생각이 나면 오기도 하고 싫어지면 가버리기도 하는 것이다. 어찌 나의 뜻대로 그들을 오라가라 하겠는가?"

곧 선정을 베풀지 않았기 때문에 백성들이 군주를 버렸으니 책임질 수 없다는 뜻이다. 큰 나라의 경우도 이와 같은데 작은 마을은 또 어떻겠는가.

나라의 녹을 먹고 사는 관리로서 백성 대하기를 하늘처럼 하지 않으면 결국 인심을 잃고 궁색한 처지에 빠질 것은 뻔한 이치다.

일찍이 고려의 태조 왕건은 죽음을 앞두고 「훈요십조」를 남겼는데, 몇 구절은 그런 의미에서 오늘날의 위정자들에게도 의미심장한 내용이 아닐까 싶다.

백성을 부릴 때는 그때를 보아서 하고, 부역을 가볍게 하고 세금을 적게 하며, 농사짓는 일을 알면 백성들의 마음을 저절로 얻게 되어 나라가 부유하고 백성이 편안할 것이다.

임금으로서 백성들의 마음을 얻기란 매우 어렵다. 그 마음을 얻는 데 요긴한 점은, 충신들이 간하는 말을 잘 따르고 간신들이 참소하는 말을 멀리할 따름이다. 간하는 말을 잘 따르면 성군이 된다. 참소하는 말은 꿀과 같지만 믿어주지 않으면 저절로 없어진다.

옛사람이 이르기를, 좋은 미끼를 내리면 고기가 걸리고, 중한 상을 내리면 뛰어난 장수를 얻을 수 있다. 활을 쏘면 새들이 피한다. 어진 정사를 베풀면 백성들이 잘 따르고, 상벌을 공평하게 하면 음양도 순조로울 것이다.

먼저 성실하라

진사 이세정은 오랫동안 과거에 급제하지 못해 고향에서 아이들을 가르치며 소일하고 있었다. 그는 경서에 밝고 청렴한 사람이었지만 일면 고지식하였으므로 인간 관계의 폭이 좁았다.

하지만 그의 가르침을 받아 높은 벼슬에 오른 제자들의 천거로 나이가 환갑에 이르러 마침내 의금부 도사직에 올랐고, 임기가 끝나자 청양현감에 제수되었다.

얼마 후 찬성 최숙생이 충청도 관찰사로 나가게 되자 평소 그와 교분이 두터웠던 이세정의 제자들이 송별연을 열어주면서 이렇게 부탁했다.

“청양현감은 우리의 스승으로 학문과 지조가 높은 분이니 신경을 좀 써주게.”

최숙생은 선선히 응낙하고 임지로 떠났다. 그런데 관찰사 부임 첫해에 각 고을 수령들을 심사한 최숙생은 청양현감 이세정을 제일 먼저 파면시켜버렸다.

그 소식을 듣고 화가 난 제자들이 찾아가서 따졌다.

“아니, 자네는 우리 스승을 배려해달랬더니 파면이 웬말인가. 충청도에 탐관오리들도 많거늘 어찌 지조 높은 양반을 떨어뜨렸는가?”

그러자 최숙생은 이렇게 대답했다.

“다른 고을은, 수령이 비록 간악하지만 그 한 사람뿐이어서 백성들이 견딜 만하지만, 청양고을은 수령만 청렴결백할 뿐 그 밑에 있는 육방의 아전들이 모두 간악하니 백성들이 도대체 견딜 재간이 없다네. 그처럼 아랫사람을 다스리지 못하는 선비가 어찌 관직에 머물 수 있겠는가. 내가 보기에 자네들의 스승은 역시, 자네들과 같은 제자를 키워내는 것이 천직일 것이네.”

고려 공민왕 때의 문신 정습인이 영주고을에 원님으로 부임했을 때 아전들이 풍습을 들어 재앙을 없애는 그림에 향불을 피우고 절하라고 청했다. 그러자 정습인은 백성들로 하여금 헛된 것에 미혹되어서는 안 된다며 그림을 태워버리고는 이렇게 말했다.

“썩은 나무 밑에서는 쉬지 않고, 도적의 샘물은 마시지 않는 것은 그 이름이 더럽기 때문이다. 내가 어찌 괴이한 그 모습을 고을 사람들이 눈여겨본다 하여 믿지 말라는 말로만 다스리겠는가?"

관리로서 마땅히 바른일을 거리낌없이 행하는 것은 아름다운 일이다. 또 이와 같은 적극적인 행동은 스스로 깨끗하지 않으면 할 수 없는 일이다.

가정은 사랑과 축복, 믿음과 질서로…

무릇 손아랫사람들은 큰 일이든 작은 일이든 제멋대로 하지 말고 반드시 집안어른께 여쭌 다음 행해야 한다.
(治家-1·사마온공)

신명화는 조선 중종 때의 학자로 학문이 뛰어났지만 벼슬에 뜻을 두지 않아 진사 급제를 한 다음에는 더 이상 과거를 보지 않았다.

그는 어려서부터 선악의 구별이 명확하고 예의에 어긋나는 짓은 하지 않았는데, 조선시대 최대의 학자로 손꼽히는 율곡의 어머니인 사임당 신씨가 그의 둘째딸이었다.

언젠가 그가 사랑채에 있는데 내실에서 커다란 웃음소리가 들려왔다. 여종을 시켜 이유를 알아보니 부인 이씨가 측간에 다녀오다 발을 헛디뎌 넘어질 뻔했는데, 여러 딸들이 재빨리 부축하면서 깔깔대고 웃었다고 했다. 이에 신명화는 딸들을 불러 이렇게 야단을 쳤다.

"너희가 부모의 힘없음을 근심하지는 않더라도, 남의 입에 오르내리는 일은 막아야 할 터인데, 거꾸로 너희가 경망스럽게 웃음거리로 만드니 참으로 안타깝구나."

이 말을 들은 딸들은 깊이 반성하고 다시는 함부로 웃지 않았다.

❁

가정은 하나의 아름다운 제국이다. 때문에 그 안에서 이루어지는 것은 바로 사랑이요, 축복이어야 하는 것이다. 그러기 위해서는 가족 간에 믿음과 질서, 예절이라는 기본 덕목이 튼튼하게 자리잡혀 있어야 한다.

말과 행동을 삼가고 신용과 의리를 성실하게 하며, 삼가 사사로운 원한을 남에게 두지 말라. 남이 혹시 원망하더라도 너희는 부드러운 얼굴로 대할 것이지, 같은 모양으로 대하지 말라.

이것은 조선 성종 때의 명신 김맹이 세상을 떠나기 전 자손들에게 남긴 유지다. 실로 가족간 화목의 비결이면서 처세의 핵심이 아닐까 싶다.

집안이 화목하려면

아침저녁 밥이 이른지 늦은지를 보면
그 집안이 흥할지 쇠할지를 점칠 수 있다.
(治家-7 · 『경행록』)

한 집안을 일으키기 위해서는, 어른들이 부지런한 모범을 보이고 그것을 자식들이 따라 배우도록 정성을 기울여야 한다. 조선시대의 대학자인 우암 송시열 선생은 세상을 떠나기 전 『가훈』에 다음과 같은 글을 남겨 자손들로 하여금 행실에 항상 모범이 되라고 가르쳤다.

"자녀를 가르치는 일은 처음 태어나서부터 잘해야 하고, 며느리를 가르치는 일도 처음 시집왔을 때부터 잘해야 한다. 이는 진실로 사리에 맞는 말이다.

다른 집안을 보면, 며느리에게는 처음에 사랑을 베풀다가 나중에는 미워하는 것이 다 이런 이유 때문이다. 너희는 모름지기 아내와 더불어 서로 경계하여 이런 습속을 본받지 말라."

곧 한 집안이 화목하려면 기본적인 예의를 모두가 잘 지켜야 한다. 위로는 공경하고 아래로는 보살피는 마음이 오고 가야만 비로소 한 가문이 뿌리를 튼튼하게 내릴 수 있다는 것이다.

❈

신神이 인간을 이 세상에 보낼 때, 고생을 마다하지 않는다면 그 어느 곳이라도 손이 닿을 수 있도록 긴 팔을 주셨다.

성심을 다하면 어떤 소망이든 이루어질 수 있다는 시인 채터튼의 말이다.

아침저녁의 이르고 늦음은 곧 그 집안 사람들의 부지런함과 게으름을 알 수 있다. 대개 부지런한 집에서는 아침식사가 빠르고 저녁식사는 늦게 마련이다. 이런 모습은 곧 그 집안이 흥할 징조일 것이다.

근면하지 못하여 실패한 사람은 하늘을 원망할 것이지만, 그 근면이 몸에 배게 되면 부와 명예는 하찮은 명리에 불과하게 되므로 사실은 하늘을 넘어서는 이익이 있다.

사람은 살아야 할 가치가 있는 것을 가지면 부지런하게 된다. 인생의 목적은 어쩌면 행복이 아니라 삶의 가치가 아니겠는가.

뿌리 깊은 나무는 바람에 흔들리지 않는다

사람이 있은 뒤에 부부가 있고, 부부가 있은 뒤에
부자가 있으며, 부자가 있은 뒤에 형제가 있다.
한 집안의 친족은 이 셋뿐이다. 여기에서 나아가 구족에
이르기까지 모두 이 삼친에 뿌리를 둔다.
그러므로 인륜에서 가장 중요한 것이니
돈독하게 하지 않으면 안 된다.

(安義-1 · 『안씨가훈』)

전남 함평군 신광면 계천리의 장산들에는 아무런 글씨가 적혀 있지
않은 비석 하나가 서 있다. 거기에는 어머니의 병을 고치기 위해 자식
을 죽이려 했던 효자 부부의 아름답고도 애틋한 설화가 담겨 있다.

옛날 계천 부락에 효성이 지극한 부부가 나이 많은 홀어머니를 모시
고 살았다. 그런데 늙은 어머니가 노환에 시달리다가 마침내 치매에
걸려 하나밖에 없는 어린 손자가 개로 보였다. 그래서 매일같이 아들
내외에게, 배가 고프니 저 개를 잡아 국을 끓여달라고 성화를 부렸다.

부부는 의논 끝에 "자식은 또 낳을 수 있지만 부모는 한번 돌아가시
면 영영 볼 수 없다"라 하며 눈물을 흘리면서 사랑하는 아이를 가마

솥에 넣었다.

이윽고 국이 끓자 솥뚜껑을 열어본 부부는 깜짝 놀랐다. 솥 안에 커다란 산삼 한 뿌리가 삶아져 있었던 것이다. 그때 부엌문을 삐꺽 열리는 소리가 들려 고개를 돌려보니 아들이 멀쩡하게 밖에서 놀다가 들어오는 것이 아닌가. 부부는 아들을 끌어안고 기쁨의 눈물을 흘렸다. 그들의 효성이 하늘에 닿았던 것이리라. 마침내 산삼 삶은 물을 어머니에게 드리니 병이 씻은 듯이 나았다.

마침 마을 원님이 이 소문을 듣고 부부의 지극한 효성을 기리고자 비석을 세워주었다. 하지만 비석에 아무런 글도 새기지 않았는데, 입에서 입으로 전해지는 까닭은 다음과 같다.

"효성은 하늘 아래 둘이 없을 만큼 지극하나, 자식을 죽이려 한 죄가 있으니 비석은 세우되 어찌 글로써 칭송하랴."

❀

조선 말기의 학자 박길화는 일찍이 동학군으로 활동했고, 한일합방 뒤에는 삼일만세운동에 참가했다가 투옥되었으며, 출옥 후에는 학교를 창설하여 청소년 교육에 힘쓴 인물이다.

그는 자신의 저서인 『송은유고』에서 인생의 참된 가치는 사소한 일이라도 사리에 맞게 판단하고 실천하는 것이라고 설파했다. 그 중에서도 일상 생활에서 반드시 명심해야 할 점을 이렇게 쓰고 있다.

가정이 화목하면 비록 식사를 잇기 어려운 형편이라도 오히려 충분한 즐거움이 있을 것이고, 나라에 세금을 일찍 납부하고 나면 비록 주머니에 돈이 남아 있지 않더라도 자연 진정한 즐거움이 있을 것이다.

한 그릇의 죽이나 한 그릇의 밥도 내가 먹게 되는 것이 쉽지 않다는 것을 생각하고, 반토막 실이나 반쪽 옷감을 만드는 힘이 어렵다는 점을 항상 생각하라.

그릇이 질박하고 깨끗하면 질그릇이라도 금이나 옥으로 만든 그릇보다 낫고, 음식이 간소하고 정결하면 채소라도 진귀한 반찬보다 낫다.

뜻밖의 재물에 탐내지 말고, 정도에 지나치는 술을 마시지 말라. 딸을 시집보낼 때에는 어진 사위를 가릴 것이지 많은 재물을 구하지 말고, 며느리를 취할 때에는 정숙한 여자를 구할 것이지 많은 재산을 가지고 올 것을 헤아리지 말라.

아름다운 여자를 보고서 음란한 마음을 일으키면 그 보복이 아내에게 돌아올 것이고, 원한을 숨기고서 가만히 활을 쏘면 그 앙화가 자손에게 미칠 것이다.

어려울 때 함께 할 수 있는 친구

부유하다고 친하지 않고 가난하다고
멀리하지 않는 이가 바로 대장부이고,
부유하다고 찾아오고, 가난하다고 하여 떠나가는 이가
사람 가운데서 참으로 소인배다.

(安義-3 · 소동파)

남양 사람 노군은 담력이 뛰어나 말타기와 활쏘기에 출중했지만 매번 무과에서 낙방했다. 어느 날 그는 술을 잔뜩 먹고 육조 앞 대로에 서 있다가 순라를 도는 장교와 나졸 다섯을 때려눕혔다. 그리하여 마침내 나졸들에게 잡힌 그는 어영청 대장인 홍인한 앞으로 끌려갔다. 홍인한은 그를 노려보며 물었다.

"너는 어찌 순라를 도는 나졸을 쳤느냐?"

"소인의 신세가 기막힌 까닭에 대감을 직접 뵙기 위해 순라꾼을 때린 것입니다. 이 나라 안에서 오로지 대감 같으신 분만이 제 사정을 들어줄 어른이라는 생각에서였습니다. 한 사람이 두 사람을 대적할 수 있으면 겸인지용兼人之勇이라 했는데, 지금 제가 다섯 사람을 쓰러뜨렸으니 적어도 다섯 사람의 가치는 있지 않습니까? 그러니 저를 문하에 두시고 쓰시옵소서."

이 말을 들은 홍인한은 그를 뚫어지게 바라보더니 마침내 껄껄 웃으며 말했다.

"어제 얻어맞은 장교는 어디에 있느냐?"

그 장교가 명을 받들고 대령하자 홍인한은 이렇게 명했다.

"나졸 다섯이 저 한 사람을 당하지 못했으니 참으로 쓸모없는 놈들이로다. 너는 전령패를 풀어놓고 그만 물러가라."

그리고 홍인한은 그 전령패를 노군에게 채워주고 문하에서 일하게 했다. 노군은 영리하기 짝이 없어 어떤 일이든 빈틈이 없이 처리했는데 허술한 데가 한 군데도 없었다. 그리하여 홍인한은 마침내 그를 수족처럼 아끼고 사랑하게 되었다.

그후 노군은 별군관을 시작으로 차차 벼슬이 올라 마침내 선사포의 첨사가 되었다. 그가 부임할 때 홍인한은 감영과 병영에 편지를 써서 그를 배려했다.

그런데 노군은 임기를 마치도록 홍인한에게 문안편지 한 장, 선물 한 꾸러미도 보내지 않았다. 이에 홍인한 곁에 머물던 사람들이 모두 그를 욕했지만 홍인한은 개의치 않았다.

몇 년 뒤 선사포 첨사의 임기가 끝나자 노군은 한양으로 돌아와 홍인한에게 인사를 하러 갔다. 홍인한이 반갑게 그를 맞이하면서 물었다.

"그간 별일이 없었나?"

"소인, 대감의 은덕으로 평생을 지낼 만큼 되었습니다."

"다행이네."

이 말이 끝나자마자 노군은 자리에서 일어나 하직인사를 올렸다. 홍인한이 깜짝 놀라 물었다.

"아니, 왜 그리 바삐 물러가려 하는가?"

"그동안 소인이 대감께 정성과 힘을 바친 것은 제가 구하고자 하는 것이 있었기 때문입니다. 이제 그것을 이루었는데 머무를 까닭이 어디 있겠습니까?"

그리고 노군이 물러나자, 어떤 사람이 그를 잡고 배은망덕한 놈이라고 야단을 쳤다. 그러자 노군은 이렇게 말했다.

"내가 어찌 은혜를 모르겠는가? 하지만 내가 보은한다고 보물을 갖다바친들 대감은 보시지도 않을 것이고, 죄다 청지기들의 차지가 될 것은 뻔한 일이다. 이는 쓸데없는 선물이라 여겨 일부러 하지 않은 것이다."

훗날 홍인한이 벼슬에서 쫓겨나 고향의 선영에서 살게 되자 따르던 많은 무리들이 모두 그의 곁을 떠났는데 청지기 한 사람조차 남아 있지 않았다.

그때서야 노군이 혼자 쓸쓸하게 지내는 홍인한을 찾아와 아침부터 저녁 때까지 자잘한 시중을 들며 정성스럽게 홍인한을 보필했다. 세월이 지나 홍인한이 병으로 세상을 뜨자 노군은 손수 염습을 하고 입관시켰으며, 장례를 마친 뒤에 홀로 통곡하며 돌아갔다.

재산이나 헛된 인연에 이끌려 이리저리 끌려다니는 것은 소인배들의 행동이다. 재산은 모든 일을 매끄럽게 해주는 장점이 있다. 하지만 그보다 더 소중한 것이 의리이며 정직이다.

살아가면서 가장 쉽게 개선시킬 수 있는 것이 바로 부富다. 그만큼 부란 가볍다는 뜻이다.

우리는 부자가 되지 않아도 관대한 사람이 될 수 있고, 지혜를 가지지 않아도 이해하는 사람이 될 수 있다. 실로 우리의 힘은 위대한 것이 아니더라도 선한 것이 되어야만 한다. 외모가 아름답지 않아도 착한 양심을 가질 수 있는 것처럼 마음에 평온을 갖게 되면 그 누구도 두렵지 않게 된다.

실로 재산이란 사용하기 위한 도구일 뿐이지, 절대로 받들어야 하는 신이 아니다. 그러기에 재산 따라 움직이는 사람을 일러 돈의 노예라고 하는 것이다. 진실로 영혼이 필요로 하는 것은 돈으로 살 수 없다는 점을 명심하도록 하자.

사랑은 한결같은 마음으로…

경주 사람 이종상은 어렸을 때 양자로 가서 자라났다. 그의 생가에 동생이 하나 있었는데, 덕이 부족하여 사사건건 시비를 걸고 화를 잘 냈다. 하지만 그는 항상 좋은 말로 달래 동생의 마음을 풀어주곤 했다.

그러던 어느 날, 생가 아버지의 제사가 가까워지자 동생네 집으로 쌀을 몇 말 실어보냈다. 그런데 그 동생이 당장 그를 찾아와 소리쳤다.

"내가 아들을 낳아서 남에게 양자로 보내면 열 손가락에 장을 지지겠소."

"아니, 무슨 일로 그리 노여워하는가?"

"어찌 쌀 몇 말로 제사를 지내란 말이오? 벼슬을 하면서 어찌 그리

인색하시오?"

"그 쌀로 누룩을 빚어 술을 담그면 되지 않는가?"

"아니, 그럼 나머지 제물은 어쩌란 말입니까?"

"아직 날짜가 남아 있으니 천천히 보내려 하였네."

그러자 동생은 화를 풀고 집으로 돌아갔다. 그후 동네의 한 어부가 두 사람이 있는 자리에 생선 두 꿰미를 가져다 바치면서 이렇게 말했다.

"크고 많은 것은 큰댁 몫이고 잘고 적은 것은 작은댁 몫입니다."

이 말을 들은 동생이 또 발끈하여 그 사람을 붙들고 따졌다.

"뭐라고, 작은집이면 고기도 작아야 된다는 법이 어디에 있나!"

그러자 이종상이 급히 끼어들어 달랬다.

"자네가 잘못 들은 게지. 나는 거꾸로 들었다."

그러곤 어부를 돌아보며 물었다.

"아까 자네가 잘고 적은 것은 나에게 주고, 크고 많은 것은 작은댁 몫이라고 하지 않았나?"

어부가 어찌할 바를 모르다가 고개를 끄덕이자 그는 다시 동생을 돌아보며 말했다.

"자네가 잘못 들었구먼."

이에 동생은 비로소 화를 풀고 생선을 가져갔다. 종상이 아우를 생각하는 마음이 이토록 한결같자 훗날 박덕했던 이 동생도 마음이 감화되어 착한 사람이 되었다.

할아버지에서부터 아버지, 손자, 형제자매에 이르기까지 한 가족간의 관계는 하늘이 부여한 질서다. 교만한 마음으로 이를 어긋나지 않도록 조심해야 할 것이다.

집안의 어른이라면 가난한 사람을 돕고, 착한 일을 권장하며, 충고를 새겨듣고, 타인들을 가엾게 여기는 모범을 가족들에게 보여주어야 한다.

형제간의 우애나 친척간의 화목은 종종 허튼 말에서 어긋나는 경우가 많다. 때문에 평소 가족간의 믿음을 돈독히 하고 우애를 진실하게 해야만 때때로 불거지는 불화를 단속할 수 있게 된다.

어버이로서 너무 엄하면 사나운 자식은 떠나가게 되고 너무 사랑하면 교활한 자식은 방자하게 되니 중용을 취해야 한다. 자식들이 잘못을 저지르면 은근히 타일러야지 정도를 넘어 화를 내서는 곤란하다.

매를 치더라도 위엄과 사랑을 병행해야 하며 정을 끊는 말을 하지 말라. 또 분노를 참지 못해 남들에게 그 죄상을 알리는 사람이 있는데, 이것은 이간질이 스며들기 쉽고 집안이 무너질 징조다. 그 분노의 원인이 애정이더라도 역시 절제하지 않으면 안 될 것이다.

자신을 사랑하는 8가지 기술

맥스웰 말츠

1. 부정적인 자신의 이미지를 버려라. 자신이 모자란다고 생각하면 꿈꿀 수가 없다. 자신의 부족한 면에 애써 집착하지 말라.

2. 나도 행복해질 수 있다고 믿어라. 불행하다고 느낀다면 더욱 활발히 행동하라. 작은 일에도 보람을 찾다보면 그 누구보다도 행복한 자신을 발견하게 될 것이다.

3. 고난이 찾아오면 더 최악의 상태를 생각하라. 벼랑 끝에 서 있는 사람이라도 이미 그 아래로 추락한 사람보다는 상황이 낫다.

4. 목표를 세우면 공허감이 사라진다. 누구나 현실을 극복해갈 수 있는 작은 목표를 가질 수 있다. 그것들을 하나하나 이루면서 눈덩이처럼 큰 목표를 향해 나아가라.

5. 기회가 왔을 때 겁내지 말고 뛰어들어라. 기회란 항상 오는 것이 아니다. 그럴 때 안전을 생각하는 것은 어리석은 짓이다.

6. 실패에 직면하여 자책감에 사로잡히지 말라. 실패는 누구나 하는 것이다.

7. 마음의 감옥을 부수고 평화를 찾으라. 마음이 평화로우면 초가삼간도 천국처럼 느껴지는 법이다.

8. 자신의 시간을 보석처럼 아껴라. 자신의 시간을 존중하면 자신을 사랑하는 기술도 터득할 수 있다.

내 안에 내가 있다

맹자가 결혼하여 아내를 맞이했다. 어느 날 아내를 만나기 위해 내실의 문을 연 맹자는 깜짝 놀랐다. 아내가 방 안에서 어깨를 드러내놓고 무슨 일인가를 하고 있었던 것이다. 그는 매우 불쾌하게 생각하고 곧바로 되돌아나온 뒤 다시는 아내를 찾지 않았다.

이튿날 아침, 맹자의 아내가 시어머니에게 눈물을 흘리며 하직 인사를 했다. 맹자의 어머니가 깜짝 놀라 자초지종을 물으니 그녀는 이렇게 말했다.

"저는, 부부의 도는 내실에서는 걸리는 것이 없다고 들었습니다. 어제 제가 아무도 없는 내실에서 어깨를 드러내고 있었는데 낭군께서 그런 저를 보고 안색이 돌변하면서 나가버렸습니다. 이것은 저를 남으로 여기는 것이 아니겠습니까? 여자는 남의 방에 묵어서는 안 되는 것이니 제 방이 있는 친정으로 돌아가겠습니다."

이 말을 들은 맹자의 어머니는 맹자를 불러놓고 엄하게 꾸짖었다.

"너는 글 읽는 선비로서 어찌 예절을 모르느냐? 사람이 문 안으로 들어가려 할 때 누가 있느냐고 묻는 것은 상대에게 경의를 표하기 위해서다. 또 마루에 오를 때 반드시 기침소리를 내는 것은 안에 있는 사람에게 자신이 왔다는 것을 알리기 위해서다. 또 방 안에 들어갈 때 눈길을 내리뜨는 까닭은 상대방의 실수를 보지 않기 위해서다. 네가 먼저 예절을 지키지도 못하면서 아내를 책망하다니, 이 어찌 우둔한 꼴이 아니겠느냐?"

어머니의 이와 같은 훈계를 들은 맹자는 비로소 자신의 잘못을 깨닫고 아내를 붙잡았다.

상대를 대할 때는 반드시 예절에 맞게 행동해야만 한다. 밖에 나갔을 때는 행동거지를 조심하고, 혼자 있을지라도 바로 옆에 사람이 있는 듯이 해야 한다. 예절이 무너지는 것은 주로 혼자 있을 때이기 때문이다.

스스로 무례를 자주 저지르게 되면 그것이 습관이 되어 마침내 그 화가 자신에게 돌아오게 된다. 때문에 그 누구든 자신에 대해서도 큰 손님을 대하는 것처럼 경건하게 해야 한다.

조선 헌종 때의 학자 안혁중은 그의 유고에서 손님에 대한 예절에 대하여 후손들에게 다음과 같이 당부했다.

손님을 대접하는 예절에 공경을 다해야만 한다. 크고 작고 높고 낮고 할 것 없이 나를 찾아오는 사람이면 역시 즐겁지 않겠는가? 가정의 형편이 있고 없는 데 따라서 그에게 정성을 다하여 대접하고 그와 뜻에 맞는 이야기를 나누어야 좋다. 만약 맞이하고 보냄이 소홀해서 원수와 같이 본다면 손님이 어찌 다시 문에 발을 들여놓겠는가. 늙은이의 말이라도 명심하고 잘 실행하도록 하라.

손이 손을 씻고, 돌이 돌을 씻는다

세종 때 황희가 정승 반열에 올랐을 때 김종서는 병조판서직에 있었다. 그런데 황희는 김종서가 조그만 실수를 해도 심하게 꾸짖었으며, 그 종을 매로 때리고 심부름꾼을 잡아가두기를 여러 차례 하니 김종서가 황희를 대하기를 매우 두려워했다. 이런 모습을 보고 맹사성이 적이 걱정스러운 마음으로 황희에게 물었다.

"김종서는 충성스런 신하인데 대감께서는 어찌 그리 심하게 다루십니까?"

그러자 황희는 옷매무새를 바로하고 대답했다.

"이것은 내가 종서를 큰 인물로 여기기 때문입니다. 종서는 총명하지만 성질이 거만한 데가 있는데다가 기운이 세고 재빨라 무슨 일을 하든 과감합니다.

그가 나중에 정승이 되었을 때도 이와 같이 스스로 신중하지 않게 행동한다면 반드시 일을 그르칠 것입니다. 그러므로 미리 꺾고 깨우쳐서 그 뜻을 다스려 마음을 정중하게 닦아내야만 나라일에 경솔함이 없어질 것입니다. 이는 내가 무슨 감정이 있어 그러는 것이 아니니 오해하지 마시오."

이 말을 들은 맹사성은 황희의 심모원려에 탄복했는데, 훗날 황희가 정승의 자리를 내놓고 물러나올 때 과연 임금에게 김종서를 천거했던 것이다.

❀

누구나 모든 일에 완벽할 수는 없다. 실수란 당연한 것이다. 그렇다면 남이 실수할 때 나는 얼마나 배려할 수 있겠는가.

진정한 배려란 그 사람의 잘못을 스스로 깨달을 수 있도록 관용을 베풀어주는 것이다. 내 자신부터 경건하게 대하면 상대방도 나를 대할 때 경건하게 된다.

후덕하기로 이름난 황희 정승이 김종서를 그 누구보다도 엄격하게 대한 것은 김종서가 큰 그릇임에도 다듬어지지 않았기 때문이다.

북유럽 속담에 "손은 손을 씻고 돌은 돌을 씻는다"라는 것이 있다. 과연 큰사람인 황희는 앞날이 촉망되는 큰인물 김종서로 하여금 때에 따라 나아가고 물러나오는 군자의 진정한 용기를 가슴에 품도록 하기 위해 세차게 채찍을 휘둘렀다. 왜냐하면 용기의 대부분은 분별력이기 때문이다.

일찍이 공자가 제자인 자로를 가르칠 때 앞으로 나아갈 줄만 알고 물러날 줄 모르는 용기를, 호랑이에게 맨손으로 덤비고 큰 강을 걸어서 건너는 무모함과 같다고 경계했던 일과 마찬가지다.

어리석은 자는 현명한 사람이 두려워하지 않는 일에 뛰어든다고 했다. 황희 정승은 장차 나라의 경영을 책임질 김종서가 자신의 능력만을 믿고 독불장군식의 인물이 되지 못하도록 일찍부터 잔가지를 쳐주었던 것이다.

헛된 말은 제 몸을 위태롭게 한다

<u>한 마디 말이 맞지 않으면 천 마디 말이 쓸데없다.</u>
(言語-2)

양평에 글을 잘 모르는 양씨라는 백성이 장모가 세상을 떠나자 서당에 찾아가 훈장에게 조문吊文을 부탁했다. 훈장은 장모가 죽었을 때 쓰는 조문을 몰라서 서책을 뒤져보다가 아내가 죽었을 때 읽는 조문을 써주었다.

이렇게 해서 양씨는 장모의 장례를 치르면서 조문을 읽었는데, 조문 온 사람들이 다들 고개를 갸웃거리면서 어딘가 이상하다고 말하는 것이었다. 그 중에서 글줄이나 읽는 사람이 나서서 들여다보니 과연 그 조문의 대상은 장모가 아니라 아내였다.

이 일로 사람들의 웃음거리가 된 양씨가 화가 나서 훈장을 찾아가 왜 틀린 조문을 써주었느냐고 따졌다. 그러자 훈장은 고개를 뻣뻣이 세우고 이렇게 말했다.

"책 속에 있는 조문이 틀릴 리가 있나. 자네 아내가 죽을 것을 장모가 대신 죽은 게 틀린 게지. 그건 자네 집안 사정인데 왜 나에게 와서 행패를 부리나?"

이 말을 들은 양씨는 기가 막혀서 한동안 열린 입을 다물지 못했다.

우리 주변에는 이렇듯 자신의 잘못은 돌아보지 않고 오히려 정당화하려는 훈장 같은 사람들이 한두 명이 아니다. 이런 부류들은 융통성이라곤 찾아볼 수 없을 뿐만 아니라, 책임지기에 앞서 자신의 입장과 명예만을 먼저 생각한다. 그러므로 어떤 일에 임하면 떠벌리거나 변명하기에 급급해한다.

이런 까닭에 일찍이 조선 숙종 때의 명신 허목은 "말이 망령된 생각에서 나오면 다 잘못이다. 입은 욕된 말을 만들어내고 입이 입을 죽인다고 하니, 입을 삼가지 않으면 화를 불러오게 된다. 더구나 말을 많이 하면 실패하는 일이 많아진다는 데 있어서랴"하며 한탄했다.

이는 선비라면 스스로의 몸가짐을 경계할 줄 알아야 한다는 뜻이다.

자신의 잘못을 부끄러워하는 일은 마음을 경계하는 것만 같지 못하고, 한마디 아름다운 말도 침묵만 못하다고 했다. 실로 말 한마디에도 온 정성을 기울이지 않으면 안 된다.

혀를 감추고 말을 아껴라

입은 사람을 찍는 도끼요,
말은 혀를 베는 칼이다.
입을 닫고 혀를 깊이 감추어라.
몸이 어디에 있든 편안하리라.
(言語-5)

제천군수 권자범이 집을 짓고는 학문으로 이름이 높은 친구 김일손에게 당호를 지어달라고 했다. 그러자 김일손은 곧 '치헌痴軒'이란 이름을 지어주었다. 이는 '어리석은 사람이 사는 집'이란 뜻이다.

그 뜻을 알고 권자범이 내심 불쾌해하자 김일손은 이렇게 그를 설득했다.

"세상 사람들은 말을 잘하지만 자네는 말이 어리석어 꺼리고 싫어하며, 또 세상 사람들은 모양을 차리기에 능란한데 자네는 차림에 어리석어 눈에 띄지 않네.

세상 사람들이 출세하고자 애를 쓰지만 자네는 스스로를 낮추어 이

궁벽한 고을의 현감이 되었으니 벼슬에도 어리석기 그지없네.

또 관리들이 일에 민첩하고 백성들에게는 명예얻기에 민첩하며 윗사람을 받들어 칭찬얻기에 급급한데, 자네는 홀로 정자에 앉아 휘파람이나 불고, 호족과 교활한 무리들에게 탄압받는 불쌍한 홀아비나 과부를 위로하는 것으로 즐거워하니, 이처럼 어리석은 자네가 사는 집 이름으로 치헌만한 것이 어디에 있겠나?"

"하지만 이 집은 내 개인의 소유가 아니라 관리가 거처하는 곳일세. 그런데 어찌 어리석은 사람이 사는 집이라고 할 수 있겠나. 공공의 정의를 확립하는 사람이 어리석대서야 사람들의 웃음거리가 될 걸세."

"그렇지 않아. 일찍이 공자께서도 제자인 안연이나 고시의 어리석음을 칭찬했고, 주공의 어리석음이 형벌을 맑게 하고 폐단을 씻어냈는데, 어찌 그 이름이 웃음거리가 되겠는가."

김일손이 이렇게 말하자 권자범은 마지못해 고개를 끄덕이면서 이렇게 말했다.

"그렇다면 나는 앞으로 어리석음을 화두로 살아가야겠구먼."

그러자 김일손은 고개를 저으며 말했다.

"그러면 안 되지. 어리석음을 의식한 어리석음이란 어리석음이 아니니, 그렇게 애써 어리석게 살려고 해서는 안 되네."

"아니, 내가 간교한 것을 싫어하여 어리석게 살려고 하는데, 어리석기가 그처럼 어려우면 어떻게 어리석게 살 수 있겠나?"

그 말에 김일손은 혀를 쯧쯧 차면서 이렇게 탄식했다.

"정말 자네는 어리석구먼."

그리하여 권자범은 이 김일손의 어리석음의 이론을 듣다 지쳐서 난

간에 기대어 꾸벅꾸벅 졸았다.

*

『신증동국여지승람』에 나오는 이야기다. 한 사람의 몸이 편안하려면 혀를 감추고 말을 아껴야만 하고, 그것은 곧 스스로를 어리석게 보이도록 처세하는 것이 현명하다는 뜻이다.

병자호란 때의 명신인 최명길은 색맹도 아니면서 죽을 때까지 푸른색과 초록색을 구별하지 못했고, 당나귀와 말을 구분하지 못했다고 한다. 곧 스스로를 어리석게 보임으로써 사람들로 하여금 자신의 배포를 알아보지 못하게 했다.

또한 조선 개국 당시의 영의정 남재는 술을 좋아하고 호탕한 사람이었지만 집에 손님이 오면 아무 말없이 바둑판을 내밀고 손님이 떠날 때까지 바둑만 두었다고 한다. 사사로운 자리에서 자칫 정사에 관한 이야기를 해서 해를 입을까 조심한 것이다.

반대로 선조 때의 명신 송강 정철은 그 문장으로 이름이 높지만 잡다한 조정 일에 빠지지 않고 개입했다가 화를 당해 귀양살이를 밥먹듯이 했다. 그래서 언젠가 조카 정인원이라는 사람이 술을 들고 찾아가 이렇게 사정했다고 한다.

"숙부께서 조금만 입을 다물고 코나 어루만지신다면 정승자리는 따놓은 당상이 아닙니까? 제발 말을 아껴서 어려운 가문을 좀 구해주십시오."

조카로서는 실로 송강의 말 한마디가 나올 때마다 자신을 비롯하여

226

가문에 커다란 피해를 끼쳤다는 뜻이다.

사람의 말이란 듣는 사람이 해석하기에 따라서 선악이 갈라진다. 그러므로 말을 할 때는 세 번, 네 번 그 말의 영향을 되새겨본 연후에 입 밖으로 내보내야 한다. 아무리 바른말이라도 경쟁자는 그 뜻을 왜곡하려 할 것이기 때문이다.

두 얼굴에 세 개의 칼을 품다

(言語-6)

춘추시대, 당시의 패자였던 제나라 환공은 노·송·진·위·정·조·허나라 등과 함께 채나라를 총공격하는 한편, 남쪽의 초나라와 화의를 맺기 위해 소릉에서 제후들을 모아 동맹식을 열었다.

이때 정나라의 대부 신후와 진나라의 대부 원도도는 친구처럼 지내면서도 암암리에 서로를 함정으로 몰아넣으려 애썼다. 마침내 회의가 끝나고 제나라 환공이 철군을 시작하자 원도도는 신후에게 이렇게 제안했다.

"연합군의 철군로를 보면 우리 진나라와 정나라를 지날 텐데 대군의 숙식을 두 나라에서 제공하자면 부담이 너무 크지 않습니까? 그러

228

니 해안을 끼고 동방의 거와 서나라를 통과하도록 하면 무력시위도 될 뿐더러 두 나라의 경제적 부담을 줄일 수 있으니, 이 얼마나 좋겠습니까?"

그러자 신후는 참 좋은 생각이라고 부추기면서 직접 제나라 환공에게 가서 건의하라고 했다. 제나라 환공이 원도도의 말을 듣고 쾌히 응낙했다는 소식이 들려오자 신후는 몰래 환공을 찾아가 이렇게 말했다.

"연합군은 오랜 행군에 지쳐 있는데 원도도의 말대로 해안을 따라 철군하다가 동방의 나라들에게 공격이라도 당한다면 몹시 위험한 지경에 처할 것입니다. 원도도의 방법을 따랐다간 그가 섬기는 진나라만 이익을 볼 것은 뻔한 일입니다."

이 말을 들은 제나라 환공은 신후의 말에 일리가 있다고 여기고 원도도를 괘씸하게 여겨 잡아가두었다. 그리고 패자의 권한으로 신후에게 정나라의 험준한 요새 지역인 호뢰땅을 상으로 주었다. 이에 정나라 왕은 못마땅했지만 어쩔 수 없었다.

선공先功은 이렇듯 신후의 몫이었지만, 최후의 승리는 원도도의 몫이었다. 원도도는 석방된 뒤 아무렇지도 않은 듯이 신후를 찾아가 이렇게 말했다.

"이 험준한 호뢰땅에 아름다운 성을 세워 환공에게 바친다면 그분께서 몹시 기뻐하실 것입니다."

이에 솔깃한 신후가 성을 짓기 시작하자 원도도는 정나라 왕을 찾아가 신후가 성을 짓는 것은 분명 다른 생각이 있기 때문이라고 일러바쳤다.

이에 그동안 신후를 못마땅하게 생각했던 정나라 왕은 신후를 불러

앞뒤 사정을 따지지 않고 목을 베어버렸다. 두 얼굴의 사나이 신후는 결국 두 얼굴의 사나이 원도도의 복수로 인하여 모든 것을 잃고 말았던 것이다.

❁

윗글은 겉과 속이 다른 사람의 성격을 조소하는 내용으로 『원곡』에 실려 있다. 이로부터 "두 얼굴에 세 개의 칼을 품었다"란 고사성어가 생겨난 것이다.

사람의 말은 마음의 표상이다. 그러므로 말이 올바르지 못한 사람의 마음은 선할 수가 없다. 때문에 아무리 좋은 말이라도 도를 넘지 않도록 단속하고, 남을 꾸짖는 말이라면 더욱 조심하지 않을 수 없는 것이다.

말을 하기는 쉽지만 행하기는 어렵다. 그러므로 일찍이 몽테뉴는 말만 앞선 사람을 "생각하는 바가 적으면 적을수록 더 말이 많다"며 비웃었던 것이다. 또 동양의 고전에서는 이렇게 경계하고 있다.

입은 곧 마음의 문이니 입 지키기를 엄밀히 하지 않으면 진정한 기밀이 다 새어나가리라. 뜻은 마음의 발이다. 뜻 막기를 엄히 하지 않으면 그릇된 길로 달아나버리리라.

난초와 같은 친구와 함께라면…

(交友-1 · 공자)

다음은 당송팔대가의 한 사람인 한유가 친구인 유종원을 칭송한 글의 일부다.

사람은 곤경에 처했을 때 그 절의가 나타나는 법이다. 아무 걱정없이 살아갈 때는 서로 아껴주며 놀이나 잔치를 마련하여 부른다. 때로는 농담이나 우스갯소리도 하고 서로 사양하며 손을 맞잡기도 한다. 어디 그뿐인가. 죽어도 배신하지 말자고 쓸개와 간을 서로 꺼내 보이며 맹세한다.

이처럼 서로 믿어도 될 것처럼 말하지만 일단 조금이라도 이해 관계가 엇갈리면 눈길을 돌리며 마치 모르는 사람처럼 대한다. 함정에 빠져도 손을 뻗어 구해주기는커녕 오히려 더 깊이 차넣고 돌을 던지는 사람들이 많다.

이런 행위는 무지한 짐승도 차마 하지 못하는데, 그런 사람들은 스스로 득의했다고 자부한다.

유종원과 한유는 화려한 문장을 천시하고 고문古文을 부흥시키고자 노력했던 문단의 동지였을 뿐만 아니라 오랜 세월 우정을 나눠온 친구였다.

당 헌종 때에 이르러 유종원이 정쟁에 휘말려 온갖 고난을 겪다가 마침내 세상을 떠나자 한유는 눈물을 흘리며 유종원을 위하여 묘비명을 지었는데, 그것은 유종원이 유주에서 고생하고 있을 때의 감동적인 일화를 떠올리며 쓴 것이었다.

일찍이 수구파의 세력에 밀려 유주자사로 좌천되었던 유종원은 마침 친한 친구인 유우석 또한 파주자사로 좌천되었다는 소식을 듣게 되었다.

"파주땅은 두메산골이라 사람이 살 만한 곳이 아니다. 더군다나 우석은 병든 노모를 모시고 있지 않은가. 어찌 내가 친구로서 그 꼴을 눈뜨고 가만히 볼 수 있겠는가."

유종원은 주위 사람들에게 이렇게 말하고는 황제에게 차라리 자신을 파주로 보내달라고 청원했다. 그 결과 친구 유우석은 조금 형편이 나은 연주자사로 발령받게 되었던 것이다.

위와 같은 한유의 글에서 간담상조肝膽相照, 곧 '간과 쓸개를 서로 꺼
내 보일 정도로 진심을 터놓는 우정'이라는 한자성어가 비롯되었다.

우리 주변에는 이렇듯 유종원과 유우석 같은 우정이 있는가 하면
한유와 유종원 같은 우정이 있다. 실로 자신의 가슴을 열어 보일 만한
친구가 있다는 것은 하늘의 복이다. 자신을 알아주는 친구만 있다 해
도 그 얼마나 살아가는 데 위로가 될 것인가.

가장 친하다고 생각했다가 의외의 배신, 의외의 외면을 당하는 경
우는 참으로 많다. 우정이란 마음인가, 세월인가? 간혹 인간 관계의 이
유없는 곡절들이 있어 우리로 하여금 그런 질문을 스스로에게 던져보
게끔 한다.

나만의 향기를 간직하라

배우기를 좋아하는 사람과 함께 하면
안개 속을 걸어가는 것과 같이
옷이 흠뻑 젖지는 않지만 점점 물기가 배어든다.
무식한 사람과 함께 하면 화장실에 앉아 있는 것과
같아서 몸이 더러워지지는 않지만
점점 고약한 냄새가 밴다.

(交友-2 · 『공자가어』)

진나라 문공은 선비들이 검소한 옷차림을 하고 다니는 것을 좋아했다. 그래서 그의 신하들은 모두 암양의 가죽옷을 입었고, 장식이 없는 가죽띠에 칼을 묶어서 찼으며, 거친 비단으로 만든 관을 쓰고서 들어가 군주를 배알하고, 나아가서는 조회에 참석했다.

초나라 영왕은 선비들의 날씬한 허리를 좋아했다. 그래서 그의 신하들은 모두 매일 한 끼 식사만을 했으며, 가슴으로 숨을 들이쉰 다음에야 허리띠를 매었고, 벽을 붙잡고서야 거동을 할 수 있었다. 1년이 지나자 대신들은 모두 검고 깡마른 낯빛으로 변했다.

월나라 왕 구천은 용감한 선비들을 좋아했다. 어느 날 그는 병사들을 시켜 배에다 불을 지르고는 친히 북을 치면서 신하들에게 이렇게 소리쳤다.

"월나라의 보물들이 모두 저 배 안에 들어 있다!"

이 말에 신하들은 북소리에 맞추어 대열을 무너뜨리면서 그 배로 뛰어들었다. 그리하여 불에 타죽은 신하만 해도 백여 명이 넘었다. 구천은 그제야 징을 쳐서 그들을 물러나게 했다.

인간 관계의 모습은 실로 여러 가지가 있지만, 무엇인가를 배울 수 있는 사람과 함께 하는 것이 좋다. 그것은 자신을 발전적인 면으로 자극하며, 본능적으로 그의 장점이나 선한 모습을 닮아가기 때문이다.

'근묵자흑近墨者黑', 검은 것을 가까이하면 검어진다. 그러므로 더러운 것을 피하고 맑은 것과 함께 하는 마음을 견지해야 할 것이다. 다음과 같은 장자의 일갈을 들어보라.

너는 저 수릉의 젊은이가 도읍인 한단에서 걸음걸이를 배웠다는 이야기를 듣지 못했는가. 그는 그 나라 도읍 사람들의 걸음걸이를 미처 배우기도 전에 옛 걸음걸이마저 잊어버리고 말아, 결국 기어서 돌아올 수밖에 없었다. 자네도 지금 떠나지 않으면 본래 가지고 있던 지식을 모두 잊어버리고 자신의 일마저 잊게 될 것이다.

분별없이 유행을 좇는 세대에 대한 일침이 아닐 수 없다. 수릉이란 중국 연나라의 시골이며 한단은 조나라의 도읍이었다. 수릉의 촌뜨기가 한단에 가서 그들의 걸음걸이를 흉내내다 본래 가지고 있던 자신의 걸음걸이마저 잊었다는 이야기다.

곧 자신의 고유한 가치관을 잃고 유행의 노예가 된 한 인간의 비참한 모습을 그려내고 있는 것이다. 그렇듯 유행을 좇는 인간은 결국 변화하는 유행의 물결에 제대로 자신을 표현해보지도 못한 채 밀려나고 만다.

유행이란 개인의 기호와는 관계없이 근원을 알 수 없는 바람을 타고 끊임없이 밀려와 개인들의 특성과 대립하다가 금세 사라져버리는 속성을 가지고 있다. 거기에 제대로 편승조차 하지 못하고 자신을 잃어버리는 비참한 모습들이 우리 주변에도 널려 있다.

유행에서 눈을 떼라. 모두가 좋아한다고 해서 나의 몸에 맞는 옷일 수는 없다. 앞선 사람은 대부분 희생자들이다. 당신은 전쟁에서 죽은 병사들의 수효와 장군들의 수효가 얼마나 차이가 나는지 알고 있는가.

추종자가 되지 말고 창조자가 되어라. 꿋꿋하게 자신의 독특한 개성을 지켜나갈 때 비로소 유행의 창조자가 될 수 있다.

다정한 친구는 가까이에 있다

술 먹고 밥 먹을 때는 형아우 하던 친구가 천 명이더니,
다급하고 어려울 때는 도와줄 친구 하나 없네.
(交友-5)

죽마고우란 어릴 때 같이 죽마, 곧 '대로 짠 말을 타고 함께 친하게 놀던 친구'를 의미한다. 하지만 이 말이 생긴 유래는 좀 다르다.

진나라 12대 황제인 간문제 때의 일이다. 촉땅을 평정하고 돌아온 환온의 세력이 날로 커지자 간문제는 환온을 견제하기 위해 은호라는 은사를 건무장군양주자사에 임명했다.

그는 환온의 어릴 때 친구로서 학식과 재능이 뛰어난 인재였다. 그런데 은호가 벼슬길에 나아가는 그날부터 두 사람은 정적이 되어 반목하기 시작했다. 명필로 알려진 왕희지가 이들을 화해시키려고 했으나 곧은 성품의 은호가 듣지 않았다.

그 무렵, 5호16국 중 하나인 후조의 왕 석계룡이 죽고 호족 사이에 내분이 일어나자 진나라에서는 이 기회에 중원땅을 회복하기 위해 은호를 중원장군으로 임명했다.

은호는 군사를 이끌고 출병했으나 도중에 말에서 떨어지는 바람에 제대로 싸우지도 못하고 결국 대패하고 돌아왔다. 환온은 기다렸다는 듯이 은호를 규탄하는 상소를 올려 그를 변방으로 귀양보내고 말았다. 환온은 이렇게 은호를 거세한 뒤 측근들에게 말했다.

"은호는 나와 어릴 때 같이 죽마를 타고 놀던 친구였지만 내가 죽마를 버리면 은호가 늘 가져가곤 했다. 그러니 그가 내 밑에서 머리를 숙여야 하는 것은 당연한 일이 아닌가. 그런데 나에게 맞서 이기려고 들었으니 화를 입는 것은 당연하다."

이렇게 해서 은호는 죽마고우였던 환온이 끝까지 용서해주지 않았기 때문에 결국 변방의 귀양지에서 쓸쓸하게 생애를 마쳤다.

❀

세상에는 세 종류의 친구가 있다고 한다. 그것은 당신들을 사랑하는 친구, 당신들을 잊어버리는 친구, 당신들을 미워하는 친구다. 죽마고우였던 은호와 환온의 관계는 그 중에서도 세 번째 관계가 아닐까.

친구라는 뜻의 프랜드(friend)는 본래 사랑이라는 말에서 비롯되었다고 한다. 자유(free)와 적(foe)도 마찬가지다. 그리하여 '어제의 적은 오늘의 친구, 오늘의 친구는 내일의 적' 이라는 한탄이 나오게 된 것인지도 모른다.

하지만 설사 친구가 자신을 배반했다고 해서 욕을 해서는 안 된다. 오랫동안의 우정이 허무로 돌아가기 때문이다. 또 스스로의 행동이 경건하면 그 마음을 되돌릴 수 있는 기회가 오기도 하는 것이다.

참다운 우정이란 뒤에서 보거나 앞에서 보거나 똑같은 것이어야 한다. 앞에서는 장미인데 뒤에서는 가시덩굴이라면 그는 결코 친구가 아니다. 때문에 누구에게나 친구가 되려는 사람은 누구에게도 친구가 될 수 없는 것이다. 그리하여 대문호 톨스토이는 이렇게 조언한다.

다정한 친구는 멀리 있지 않고 아주 가까이에 있다. 왜냐하면 내가 사귀지 못할 친구는 늘 멀리 떨어져 있게 마련이니까.

칭찬은 또 다른 용기와 배려

송나라에 왕광원이란 사람이 있었다. 문재가 뛰어나 진사 시험에도 합격했지만 출세욕이 지나쳤던 그는 고관의 습작시를 보고도 "이태백이 감히 미치지 못할 신비롭고 고상한 운치가 감도는 시"라고 극찬할 정도로 뻔뻔한 아첨꾼이 되었다.

왕광원은 아첨할 때도 전혀 주위를 의식하지 않았고 상대가 무식한 짓을 해도 탄성을 자아내곤 했다. 어느날 고관이 취중에 매를 들고 왕광원에게 말했다.

"자네를 때려주고 싶은데, 어디 한번 맞아볼 텐가?"

그러자 왕광원은 비굴한 미소를 지으면서 등을 내밀었다.

"대감의 매라면 기꺼이 맞겠습니다. 자, 어서……."

그리하여 고관은 사정없이 왕광원을 매질했건만 그는 화내는 기색을 보이지 않았다. 동석했던 친구가 집으로 돌아오는 길에 그를 보고 이렇게 질책했다.

"자네는 간도 쓸개도 없는 사람인가? 그렇게 많은 사람들 앞에서 그런 모욕을 당하고서도 어쩌면 그토록 태연할 수 있단 말인가?"

그러자 왕광원은 아무렇지도 않은 듯이 대답했다.

"아무렴 어떤가? 그런 사람에게 잘 보여서 대체 내가 손해볼 게 무엇 있겠나?"

이 말을 들은 친구는 기가 막혀 입을 다물고 말았다. 당시 사람들은 그를 가리켜 이렇게 말했다.

"왕광원의 낯가죽은 두껍기가 열 겹의 철갑과 같다."

이 일화로 인하여 '철면피鐵面皮'라는 말이 생겨났다.

우리 주위에는 실로 왕광원과 같은 사람이 많다. 자신의 이득을 위해서라면 어떤 짓이라도 서슴지 않는 그런 사람들 말이다.

달콤한 말로 유혹하는 사람을 가까이해서는 안 될 것이다. 서로 마음을 나눌 때 얼마만큼의 진실이 담겨 있느냐에 따라 우정의 형질, 나아가 그 사람의 가치까지 달라지기 때문이다.

소인의 나눔은 처음에는 화려하게 보이지만 결국에는 그 본질이 백일하에 드러나고 만다. 왜냐하면 거짓의 속성이 스스로를 미욱하게 표현하는 까닭이다.

칭찬과 아부는 그런 면에서 너무나도 다르다. 마음에서 우러나온 칭찬은 커다란 용기를 준다. 그리고 희망을 갖게 한다. 반대로 아부는 비웃음을 준다. 그것은 결국 배신을 낳는다.

그렇다면 우리는 어떻게 칭찬할 것인가. 칼 홈즈의 따뜻한 조언을 들어보자.

우리는 우리가 만나는 모든 이에 대하여 어떤 칭찬거리를 발견하거나 버릇을 개발해야 한다. 우리는 누구에게나 관대하게 칭찬할 수 있다.

모든 이는 칭찬해주면 감사함을 느낀다. 그것은 인간 관계를 개선시키는 것이다. 또 그것은 어려움이 있는 사람들에게 새로운 용기를 안겨준다.

그것은 모든 이로 하여금 최선을 다하게 만든다. 그러므로 가능한 한 관대하게 칭찬하라. 그러면 당신은 절대로 그것에 대하여 후회하지 않을 것이다.

사귐에 있어서 상대에게 솔직한 자신을 보여주도록 노력하자. 거짓은 아무리 작은 것이라도 휴지통에 던져버려라. 그러면 무겁던 심신이 참으로 가벼워짐을 느낄 것이다.

그 사람을 진정 알고 싶다면…

(交友-8)

충무공 이순신이 훈련원에서 미관말직의 벼슬에 있을 때의 일이다. 당시 정승인 유전이 이순신에게 좋은 화살통이 있다는 말을 듣고 탐을 내게 되었다.

얼마 후 활터에서 이순신을 만난 유전이 넌지시 "그대의 화살통을 나에게 줄 수 없겠느냐"고 물었다. 그러자 이순신은 이렇게 대답했다.

"제가 대감께 화살통을 드리는 것은 어려운 일이 아닙니다. 하지만 뭇 사람들이 화살통을 드리는 저나 받는 대감을 일러 어떻게 이야기하겠습니까? 하찮은 화살통 하나 때문에 대감과 제가 함께 비루하고 욕된 이름을 얻게 된다면 참으로 안타까운 일이 되지 않겠습니까?"

이 말을 들은 유전은 고개를 끄덕이며 몇 차례나 "그대 말이 옳다"
라고 중얼거렸다.

친구가 원하면 네 아름다운 기질을
자진하여 모두 보여주어라.
왜냐하면 미리 성의를 보이는 것이야말로
진정한 우정이니까.

참된 우정을 노래한 쿠퍼의 시구다.

우리는 살아가면서 수많은 거짓을 만나지만 뜻하지 않는 곳에서 우
정어린 충고를 만나는 경우도 있다. 나를 깨우치고 두드려주는 그 진
실에 귀를 기울이고 고개를 숙이도록 하자.

진실이 배어 있는 말은 아무리 기교가 없고 투박하더라도 상대방을
설득할 수 있다. 왜냐하면 선한 마음이 그 안에 가득 담겨 있기 때문
이다. 그러므로 일찍이 장자는 이렇게 말했다.

진실이란 정성의 극치이니, 정성스럽지 못하면 남을 감동시킬 수 없
다. 그러므로 억지로 우는 자는 비록 슬퍼도 남을 슬프게 하지 못하
고, 억지로 성내는 자는 비록 엄해 보여도 남을 두렵게 하지 못하며,
억지로 친한 척하는 자는 비록 웃음을 띠고 있어도 남과 친화하지
못한다.

그러나 진실한 슬픔은 소리를 내어 울지 않아도 남을 슬프게 하고, 진실한 노여움은 겉으로 나타내지 않아도 남을 두렵게 하며, 진실한 애정은 웃어 보이지 않아도 화합을 이루는 것은, 진실이 마음속에 있어 그 정신이 겉으로 드러나기 때문이다.

현명한 아내, 어진 아내

제갈공명의 부인 황씨는 면남의 명사인 황승언의 딸이다. 공명이 일찍이 남양에 있을 때 그녀가 현명하다는 말을 듣고, 얼굴이 몹시 추하고 보잘것없었음에도 아내로 맞이했다. 과연 그녀는 지혜롭고 현숙한 여자라 훗날 공명이 유비를 도와 촉한을 세우기까지 그녀의 도움을 많이 받았다.

나관중의 『삼국지연의』에는 황씨 부인에 대한 내용이 매우 빈약하다. 하지만 촉이 멸망하기 직전에 유선이 공명의 아들 제갈첨을 출병시키는 대목에서 그녀에 대하여 다음과 같이 잠깐 언급하고 있다.

"무후의 아들 제갈첨은 자를 사원이라 하고, 그 어머니 황씨는 황승

언의 딸이다. 그녀의 용모는 매우 추했지만 기재의 소유자였다. 위로
는 천문에 능통하고 아래로는 지리에 밝아 육도, 삼략, 둔갑의 병서류
를 하나로 꿰어 통하지 않는 것이 없었다.

일찍이 무후가 남양에 있을 때 그녀가 현명하다는 말을 전해듣고
결혼했는데, 무후의 학문은 부인의 도움을 얻은 바가 컸다. 무후의 사
후에 부인도 뒤이어 세상을 떠났다. 임종을 맞아 그 아들 첨에게 남긴
유언은 '충효에 힘써라' 는 한마디 말뿐이었다."

현명한 아내가 이루어낼 수 있는 것은 참으로 많다. 행복, 화목, 사
랑, 격려…… . 역사를 되돌아보면 실로 한 사람의 영웅 뒤에는 한 사
람의 여인이 있었다. 오늘날도 대개는 그렇지만, 옛날과는 달리 여성
들도 한 인간으로서 자신의 몫을 해내고 발휘하는 시대가 되어가고
있는 것처럼 느껴진다.

좁은 의미에서, 집안을 바로잡아 바깥일을 하는 남편으로 하여금
근심을 잊게 해주면 그렇지 않은 사람보다 훨씬 일에 몰두할 수 있다
는 것은 불문가지다. 그렇지만 아직도 많은 여성들이 스스로 조절하
지 못하고 남편에게 자신의 욕구 불만을 퍼부어대곤 한다.

부부간의 불화는 남편이 스스로 높은 체하며 아내를 다스리려 하
고, 아내는 우리가 피차 일반인데 내가 고개숙일 일이 뭐가 있겠는가?
하는 구태의연한 사고방식으로부터 일어난다. 평소 사이가 좋을 때는
느끼지 못하다가도 조금만 부족하게 되면 서로가 자존심을 내세워 그

동안의 사랑이나 존경심을 잃기 쉽다.

그러므로 아내들이여, 남편을 예속물로 보지 말고 제왕으로 바라보라. 불만이 있으면 공손하게 여쭙고, 다만 함께 있어줌에 감읍하라. 그리하면 남편은 여왕인 당신의 발에 키스를 퍼부을 것이다.

만족의 샘은 우리 마음속에 있다. 때문에 자신을 변화시키지 않고 다른 것을 변화시켜 행복을 얻으려는 사람은 미련한 사람이다. 그런 헛수고로 인하여 단지 비통함만이 배가될 것이다.

행복이니 아름다움이니 하는 따위는 기실 가치있는 일의 부산물이다. 그러므로 아내들이여, 지금 당장부터라도 자신을 변화시키고 추구하는 무엇을 찾으라. 그것이야말로 그토록 갈망하던 당신의 인생을 바꾸어줄 묘약이다.

진짜 암탉은 알을 낳고 나서 운다

전국시대, 조나라의 창희는 어렸을 때 결혼했으나 사치와 음행으로 시가를 어지럽혔고, 남편이 병으로 죽는 바람에 일찍 과부가 되었다. 조나라의 도양왕이 그녀의 아름다운 용모에 반하여 궁궐에 들이려 하자 무안군 이목이 반대했다.

"그녀는 이미 한 집안을 어지럽혔으니 어찌 한 나라를 위험에 빠뜨리지 않겠습니까?"

하지만 창희에게 흠뻑 빠져버린 도양왕은 이런 말로 그의 간언을 물리치고 그녀를 궐 안으로 불러들였다.

"나라의 안위는 나의 정치력에 달려 있는 것이지, 어찌 한 여자 때문이겠소?"

궁궐에 들어온 창희는 왕의 총애를 독점하게 되자 왕후와 태자를 은근히 헐뜯었다. 마침내 그녀의 말에 속아넘어간 왕은 왕후와 태자가를 내쫓고 창희가 낳은 아들 천을 태자로 봉하고, 창희를 왕후로 삼았다.

얼마 후 도양왕이 세상을 떠나자 천이 그 뒤를 이어 유민왕이 되었다. 드디어 소망하던 권력을 잡은 창희는 뭇 사내들과 정을 통하는 한편, 자신을 반대한 무안군 이목을 척살했다. 그리고 호시탐탐 조나라를 노리던 진나라에서 주는 뇌물을 의심없이 받아가며 갖은 호사를 누렸다.

창희의 사치와 오만으로 조나라의 국력이 쇠약해지자 기회를 엿보던 진나라가 대병을 일으켜 쳐들어왔다. 졸지에 기습을 당한 조나라는 싸움 한 번 변변히 해보지 못하고 패하여 유민왕이 진나라의 포로가 되었다.

갑작스런 사건에 조정이 갈피를 잡지 못하자 뜻있는 대부가 들고 일어나 국정을 농단하던 창희를 잡아죽이고 그 일족을 멸한 다음 쫓겨났던 태자 가를 왕으로 삼아 진나라에 대항했다.

그러나 이미 피폐해진 국력으로 강대한 진나라와의 전쟁에서 오래 버틸 수가 없었다. 결국 조나라는 멸망하여 진나라의 보잘것없는 한 군으로 편입되고 말았다.

❀

『시경』에 "인간으로서 예의가 없으면 죽지 않고 무엇을 기다릴 것인가"란 말이 있다.

창희는 탐욕스럽고 잔인하여 만족하는 것이 없었고 모략이 뛰어났을 뿐만 아니라 음탕하기까지 하여 마침내 자신을 죽음에 몰아넣고 한 나라를 멸망으로 치닫게 했다.

이렇듯 차라리 존재하지 않는 편이 나았음직한 사람들이 세상 어디에나 존재한다. 선한 사람들로서는 그들과 더불어 살아가는 것이 괴롭고 고역스런 일임에는 분명하다. 어쩌면 신은 인간에게 이런 고행의 길을 부여한 것인지도 모른다.

세계 어느 나라나 여인에 대한 찬사와 비난이 있다. "여자는 잠자리에서 내려오는 동안에 일흔일곱 번 계산이 달라진다"라는 러시아의 속담이 있는가 하면, "암탉이 울면 집안이 망한다"라는 우리나라 속담, 또 "진짜 암탉은 알을 낳고 나서 운다"라는 영국의 속담도 있다.

이렇듯 다양한 평가는 여성에게 주어진 반쪽의 책임 때문일 것이다. 여자의 의무 역시 남자와 하등 다르지 않다. 그러므로 한 조직의 화목을 깨는 사람은 남녀를 불문하고 비난받아야 마땅하며, 화목하게 하는 사람이라면 역시 남녀를 불문하고 찬사를 받아야 마땅하다. 어찌 남녀의 구분이 있을 수 있겠는가.

그런 까닭에 "신이 남자의 머리로 여자를 만들지 않은 것은 남자가 지배되지 않기 위해, 남자의 발로 만들지 않은 것은 남자의 노예가 되지 않기 위해, 남자의 갈비뼈로 만든 것은 남자의 곁에 있어야 하기 때문에……"라는 스웨덴의 격언은 참으로 의미심장하다.

악행은 돌이킬 수 없다

착한 일을 쌓지 않으면 명성을 얻지 못한다.
나쁜 일을 쌓지 않으면 몸이 망쳐지는 지경까지
이르지 않는다. 소인은 조그만 선한 일을 아무
이익이 없다고 여겨서 하지 않는다.
또 조그만 악한 일은 아무 해로움이 없다고 여겨서
그만두지 않는다. 그리하여 악은 쌓이고 쌓여
가릴 수가 없게 되고 죄는 커지고 커져 풀 수가 없게 된다.
(增補-1 · 『주역』)

황인검이라는 선비가 젊었을 때, 과거 공부를 하기 위해 절에 들어
갔을 때의 일이다. 절 안에서 유난히 정성을 다하여 그를 수발하는 승
려가 있었는데, 인검의 양식이 떨어졌을 때 저잣거리에 나가 쌀을 얻
어다가 밥을 지어주기까지 했다.

훗날 황인검이 경상감사가 되어 여러 고을을 순회하던 중 길에서
그 승려를 만났다. 인검은 몹시 반가운 마음에 그와 동행하면서 이렇
게 말했다.

"내가 그대의 덕을 입어 오늘에 이르렀으니 만일 환속한다면 가산
을 넉넉하게 주고, 출세할 기회도 주겠다."

그러나 승려는 이렇게 대답하며 사양했다.

"제가 일찍이 속세에 머물 때 우연히 산 속 무덤 앞에서 소복을 한 여인을 보고, 갑자기 음심이 생겨 강간한 끝에 죽인 일이 있었습니다. 그후 죄를 깊이 뉘우치고 머리를 깎았는데 이제 공의 말씀이 있다 해서 어찌 그 마음을 돌이킬 수 있겠습니까?"

하지만 인검은 승려의 말을 짐짓 사양하는 것이라 여겨 마음에 두지 않았다. 그런데 얼마 뒤 형조를 관할하는 아전의 입을 통해 도내에서 아직 해결되지 않은 미망인 살인 사건이 있었다는 것을 알게 되었다.

자세히 조사해보니 그 사건은 30년 동안 범인이 오리무중이었다. 더럭 의심이 생긴 인검이 승려를 불러 심문하니 과연 그가 범인이었다. 그러자 인검은 이렇게 탄식했다.

"너와 나의 정리가 비록 두텁지만 내가 관리인지라 지엄한 나라의 법을 어길 수가 없구나."

마침내 황인검은 승려를 국법에 따라 사형에 처한 다음 후하게 장사를 지내주었다. 그리고 승려의 무덤 앞에서 몇날며칠을 구슬프게 통곡했다.

조그만 선이 쌓여 커다란 은혜가 되고, 조그만 악이 쌓여 철천지원수가 생긴다. 그러므로 사소한 인정이라도 베풀기를 주저하지 말고, 사소한 미움이라도 함부로 품어서는 안 되는 것이다.

하지만 현실적으로 어떤 일을 수행함에 있어서 선과 악의 구별이 쉽지 않은 경우가 있다. 그로 인하여 이익을 보는 측과 손해를 보는 측이 생기는 까닭이다. 이런 경우에는 그 일 자체의 선악을 구별하여 판단하는 것이 현명한 자세다.

조선 전기의 학자였던 김안국은 심지가 깊은 사람이었지만 스스로를 너무나 경계하여 일처리가 몹시 세심했다. 때문에 누군가가 너무 꼼꼼하지 않느냐고 힐난하자 이렇게 말했다.

사람의 마음이 거칠거나 찬찬한 것은, 착하고 어리석음에 따라 서로 다르다. 어찌 겉으로 찬찬한 사람과 속으로 거친 사람의 행동이 저절로 통하겠는가?

옛사람들은 한 가지 일을 할 때마다 반드시 하늘에 알려 정성을 빌었으며, 하루라도 일을 제대로 하지 않으면 저녁밥을 먹지 않았다고 한다. 내 어찌 구차한 힐뜯음을 두려워하여 할 일을 제대로 하지 않으랴.

[참고문헌]

1. 『신역명심보감』, 이기석 역해, 신문화사, 1975

2. 『명심보감』, 추적 엮음/백선해 옮김, 홍익출판사, 1999

3. 『대동소학』, 이민수 역해, 홍신문화사, 1987

4. 『이향견문록』 상 · 하, 유재건 엮음/이상진 해역, 자유문고, 1996

5. 『열녀전』, 박양숙 편역, 자유문고, 1994

6. 『묵자』, 박문현/이준영 해역, 자유문고, 1994

7. 『대학 · 중용』, 주희/김미영 옮김, 홍익출판사, 1999

8. 『손자병법』, 손무/유동환 옮김, 홍익출판사, 1999

9. 『모략』, 차이우치우 외/ 김영수 옮김, 들녘, 1996

10. 『한국민담사전』, 최근학, 문학출판공사, 1987

11. 『한국인과 해학』, 장덕순, 시인사, 1986

12. 『고사로 본 한국사』, 이상옥, 문학출판공사, 1990

13. 『고사성어백과사전』, 최근덕 편저, 샘터, 1996

14. 『인생백년을 읽는 한권의 책』 안길환, 한림원, 1997

15. 『TOP의 시대 TOP의 지름길』, 정현우, 자유시대사, 1992

16. 『세계 고사 · 전설 · 신화의 풀이』, 강원룡 외, 문원출판사, 1975

17. 『포박자』, 갈홍/장영창 편역, 자유문고, 1996

18. 『근사록』, 주희 · 여조겸/정영호 해역, 자유문고, 1997

19. 『식경』, 조병채 해역, 자유문고, 1997

20. 『생활의 예절』, 이덕무/이동희 엮음, 민족문화추진회, 1981

21. 『안씨가훈』, 안지추/유동환 옮김, 홍익출판사, 1999

22. 『몽구』, 이한/유동환 옮김, 홍익출판사, 1999

23. 『맹자』, 홍성욱 역해, 고려원, 1994

24. 『장자』, 최효선 역해, 고려원, 1994

25.『대동소학』, 이문수 역해, 홍신문화사, 1987

26.『역사속의 한국여인』, 변원림, 일지사, 1995

27.『백년 인생 천년의 지혜』, 이용원 편저, 유원, 1997

28.『한국의 지명유래』, 김기빈, 지식산업사, 1991

29.『인생을 사는 지혜』, 김환태 편저, 쟁기, 1997

30.『열자』, 김경탁 역, 한국자유교육협회, 1971

31.『인생을 최고로 사는 명언명담』, 이창배 편, 원음사, 1992

32.『조선여속고』, 이능화/김상억 옮김, 동문선, 1990

33.『한국의 명언』, 김종권 편저, 일지사, 1985

34.『채근담』, 홍자성 저/안광제 역주, 대일서관, 1983

35.『어록 삼국지』, 이이녕 편역, 마당, 1986

36.『처세학 삼국지』, 이이녕 편역, 마당, 1986

37.『삼국지 현장』, 이이녕 편역, 마당, 1986

38.『중국역대시가선집』, 신영복/기세춘, 돌베개, 1994